U0523956

走进鼓浪屿，探寻林巧稚的少年生活

毓园

毓园广场的林巧稚大夫汉白玉雕像,像高3米,塑像后安放林巧稚大夫骨灰

林巧稚逝世前留下的遗言

托着出生婴儿的双手的雕像，象征妇产科医生高洁的品质以及生生不息的希望

五大洲的儿童手牵手雕像，象征林巧稚大夫一生接生五万多名婴儿的伟大事迹

青年时期的林巧稚

1990年10月10日 林巧稚邮票

注：1990年10月10日，在林巧稚辞世7周年之际，邮电部发行以她为题材的纪念邮票。该邮票为《中国现代科学家》（第二组）纪念邮票4枚中的第1枚。（其余3位现代科学家为张钰哲、侯德榜、丁颖。）

少年林巧稚

赖妙宽 著

图书在版编目（CIP）数据

少年林巧稚 / 赖妙宽著 . — 福州 : 福建教育出版社, 2023.5
ISBN 978-7-5334-9644-9

Ⅰ.①少… Ⅱ.①赖… Ⅲ.①传记文学－中国－当代 Ⅳ.①I25

中国国家版本馆 CIP 数据核字 (2023) 第 052413 号

Shaonian Lin Qiaozhi
少年林巧稚
赖妙宽　著

选题策划	厦门外图凌零图书策划有限公司
责任编辑	陈潇航
特约编辑	刘　洋
美术编辑	林小平
装帧设计	孟　迪
封面联合绘图	黄俊清　小　绿
出版发行	福建教育出版社 （福州市梦山路 27 号　邮编：350025　网址：www.fep.com.cn 编辑部电话：0591-83779650 发行部电话：0591-83721876　87115073　010-62024258）
出 版 人	江金辉
印　　刷	厦门集大印刷有限公司 （厦门集美环珠路 256—260 号）
开　　本	787 毫米 ×1092 毫米　1/16
印　　张	10.75
字　　数	80 千字
版　　次	2023 年 5 月第 1 版　2023 年 5 月第 1 次印刷
书　　号	ISBN 978-7-5334-9644-9
定　　价	48.00 元

如发现本书印装质量问题，请联系本社出版科（电话：0591-83726019）调换。

前 言

林巧稚大夫是北京协和医院著名妇产科专家，学术成就饮誉全球。她历任北京协和医学院教授、北京协和医院妇产科主任、北京妇产医院名誉院长、中国医学科学院副院长，是中国科学院第一位女学部委员，曾代表我国参加世界卫生组织顾问委员会，在国内外享有崇高威望。

林巧稚大夫终身未婚，她把毕生精力都献给了医学事业，她为中国妇婴保健和优生优育做出了杰出贡献。她是第一至第五届全国人大代表，第三至第五届全国人大常委会委员，第四届全国妇联副主席。1983年因病在北京逝世，享年82岁。

林巧稚大夫是厦门鼓浪屿人，这个她出生、成长的美丽小岛，给了她知识和精神滋养，造就了她独特的性格和价值观。我们可以从她童年的经历中，理解她后来事业成功的必然。愿《少年林巧稚》能给少年们带来一点启发。

以下为各界人士为纪念林巧稚大夫的题词。题词原件皆陈列在鼓浪屿林巧稚纪念馆。

- 卓越的人民医学家。（彭真）
- 著名妇产科专家。（邓颖超）
- 医学界的楷范，妇产科的权威。（黄家驷）
- 学习林巧稚大夫爱祖国、为人民的献身精神！（王光美）
- 是赤子鞠躬尽瘁六十载，为中华妙手接生五万婴。（卢嘉锡）
- 学习林巧稚诲人不倦的精神。（钱信忠）
- 弘扬林巧稚先生热爱祖国、热爱人民的精神。（顾秀莲）
- 伟大的爱国者，人民的科学家。（路甬祥）
- 勤奋毕生为妇孺，无私奉献暖万家。（何鲁丽）
- 想病人之所想，急病人之所急，服务病人周到，深受病人爱戴。（吴阶平）

目　录

001　第一章　　命大的女孩

007　第二章　　新式爸爸

014　第三章　　说说鼓浪屿

020　第四章　　第一次胜利

026　第五章　　妈妈去哪里

031　第六章　　蒙学堂

038　第七章　　西学东渐

045　第八章　　初识学理

051　第九章　　长嫂如母

057　第十章　　日光岩下的小鹭鸶

066　第十一章　高等女学

073　第十二章　恩师玛格丽特

079　第十三章　施洗

085　第十四章　潜移默化

090　第十五章　螺头与阔头

097	第十六章	混沌初开
104	第十七章	女人的命题
112	第十八章	"大道公"与郁约翰
118	第十九章	鼠疫
124	第二十章	厦门罗马字
131	第二十一章	男孩子能做的事我也能做
139	第二十二章	考场救人
146	第二十三章	海的女儿
153	附录一	林巧稚大夫年谱（1901—1983年）
158	附录二	打开"协和"窗户看祖国

第一章　命大的女孩

小朋友，你们知道吗？很早以前，在我们中国，女孩子并不像男孩子一样被当作孩子，她们低人一等。即使是自己的爸爸妈妈，也认为儿子才是子，女儿是赔钱的，养大后都要嫁到别人家去，不能为自己家添砖加瓦，更不能为自己家传宗接代。

要是生孩子可以像在超市里挑选东西一样，很多爸爸妈妈可能会选择只生男孩。幸好，生男生女不是大人可以挑选的，他们只能像碰运气一样生。要是生了男孩，就很高兴，说家里"添丁"了，家族血脉后继有人。要是生了女孩，就觉得赔本了，连妈妈也像做错事一样抬不起头来。家里没生男孩的，就算生了好几个女儿，也觉得自己没有孩子。所以，生了女儿的人家，条件好的，还会把女儿养大，好歹是自己生的；条件不好的，多半不愿意为养一个女儿浪费钱财和时间，生出来后就会送给别人当童养媳，有的干脆像小鸡、小鸭一样丢到一边，不给她奶吃，不给她包起来保暖,让她"赤条条地来又赤条条地去"。

那时候,我们国家还很贫穷,大部分人饭都吃不饱,卫生医疗条件也很差,养活一个孩子不容易。很多普通人家生养孩子听天由命,他们不懂得计划生育,怀孕生育有时不是他们想要的结果,往往无奈地生出一大堆孩子,能养活的算命大,养不活的也怪不了谁。一堆孩子中总有几个会夭折,大家也习以为常。

所以,林巧稚的妈妈何晋生她的时候,并没有当母亲的喜悦,而是感到压力和愧疚。本来这个孩子就不是她想要的,因为她已经快40岁了,前面已经生了5个孩子,自己的身体像被掏空的皮囊,虚弱多病,她是不想再生孩子了。这个孩子是在她丈夫林良英从新加坡回国定居后,她才怀上的,她都没想到。她一方面想留住丈夫,愿意为他再生个孩子;另一方面,前面生的孩子只有两个男孩,在多子多福的传统观念里,两个男孩是不多的,如果能再生个男孩,就既为丈夫归国庆贺,也为林家再添一丁。因此,她忍受着身体的病痛和经济的拮据,决心生下这个孩子。

1901年12月23日这天下午,四点刚过,已经被怀孕和疾病折磨得体虚心烦的何晋,终于等来了临产的阵痛。这时家里空无一人,丈夫每天下午四点至六点之间,都要到离家不远的港仔后海边散步,几个孩子都上学去了。何晋不慌不忙,她已有多胎的生育经验,感到这个孩子会很快生下来。她给自己煎了两个荷包蛋吃下，又烧了一大罐红糖姜汁，用旧毛巾包好，放在床头，等孩子生下后喝。然后她拿了早已准备好的一叠黄草纸，一些接生用的东西和包婴儿的布巾，躺到床上等着孩子的降生。

腹痛一阵阵加剧，何晋的心情也越来越沉重。想到孩子出生后，家里面临的经济负担和繁杂的家务，她的心头就有解不开的愁结。丈夫回国后，已不做什么事，只是教点书，收入大不如从前，只能应付日常开销。家里的积蓄买了房子后已所剩无几，自己又疾病缠身，每次看病抓药用的都是日渐空虚的积蓄，已经不敢再看医生了，买点药都感到心疼。现在若再增加个孩子，多一张嘴，真是雪上加霜啊！而且家里的洗洗涮涮、缝缝补补、买菜做饭都靠自己一人操劳，若生下这个孩子，身体就可能像熬干的油灯，再也挤不出精神和气力了，要管好一个家，带这个幼小的孩子，实在是力不从心。雇人来做吧，钱从哪里来？今后这个家怎么办？何晋想着想着，都忘了自己是个正准备分娩的母亲，而像个精打细算的管家婆，肉体的痛苦和可能出现的危险都不在她考虑的范围内，她想的是如何面对即将到来的经济问题。

何晋直挺挺地躺着，光着的下身冰冷麻木，但她没有多少感觉，只盯着床顶上已经发黑的帐子，心想这个孩子不该有啊，不如趁现在丈夫不在家，就自作主张了吧。如果生了男孩，再苦也要养下来；如果生了女孩，就不要了。主意已定，她感觉好多了。一会儿，随着一阵剧痛，胎儿像洪流一泻而出，何晋顿感全身轻松。她舒了一口气，很想看看孩子是什么样子的，但全身像散了架一样，一点力气都没有。她感觉得到小生命在腿边的扭动，轻轻的，温温热热的，却无声无息，好像在小心翼翼地提醒妈妈自己来了。

何晋鼻子一酸，再怎么样也是自己身上掉下来的肉啊！难道就不管了吗？她支撑着坐起来，希望看到是个带"把"的。倒不是她对生儿子还有多大的热情，而是生了儿子，就有留下来养的理由。此时，她真希望能把孩子留下来。但是，她失望地闭上了眼睛，连女儿长什么样子都不愿意看一眼，心想："别怪妈妈，孩子，你不该来呀！"

女儿好像知道了妈妈的心思，立即"呜哇——呜哇——"地哭起来。孩子的哭声并没有勾起何晋当母亲的感觉，她狠心地想，哭吧，哭吧，反正总有哭的时候。独自一人带大几个孩子的艰辛，让她对养孩子怕极了。她担心丈夫很快会回来，自己的计划就会落空，就艰难地起来给孩子断脐，擦净，用布巾包好。她心想，即使不要了，也得让她像模像样地去，一身血污，连小鬼也要嫌弃的。然后她顺手把包好的女儿放到床脚下，又把胎盘、草纸等污物丢进一个脚桶里，收拾好床铺和自己的身子，盖上棉被重新躺下。她累了，人累，心也累了。她希望睡一觉，什么也不再想。奇怪的是，女儿一直安安静静的，这反而让她睡不着了。

这是 12 月份，天气已经很冷，这里虽然没有北方那么天寒地冻，但也阴冷潮湿。何晋躺在床上尚觉得脊背冷飕飕的，那个刚离开母腹的小东西能受得了吗？她正犹豫着要不要起来看看时，却听到丈夫上楼的脚步声，便赶紧又钻回被窝。她知道，丈夫一定不允许她丢弃女儿的，如果这会儿抱起来了，就丢不了了。不如装睡，什么也不说，等他发现时，事情已成定局，顶多骂一骂，也比日后受罪好。他们以前也夭折过一个女儿，丈夫连问都没问过。她知道，自己活不了多久了，家里经济又不好，女儿就是养下来，也是受苦的命，不如现在就让她去吧。

说来奇怪，林良英这天照例到海边散步，但海风太大，吹得他连连咳嗽。天气又冷，海滩上空无一人，他看着阴郁的天际，海天连成铅灰色的一线，海风的咸腥味，就像一层看不见的薄膜罩在他的心头，让他感到气闷心烦。想着即将临盆的妻子，挺着个大肚子，干瘦的身躯像影子一样轻飘、晃悠，这样的身体，怎么能胜任分娩的重任？没走多远，突然有种什么感觉使他不安，他赶紧掉头往回走。

回到家，他也不像往常那样坐在一楼客厅的太师椅上看书、看报、喝茶，而是径直冲向二楼的卧室，却看到妻子好好地躺在床上，背对着他。林良英松了一口气，以为没事，刚要转身下楼，身后却传来一声婴儿的啼哭："呜哇——"他吓了一跳，赶紧走到床前，妻子却一动不动，不像生了孩子的样子。刚要问，脚边又传来一声啼哭，他马上明白了，原来孩子在地板上。他连忙捡起丢在床脚的布包，看到了一张紫红的小脸，尽管还有血迹，尽管还一头湿发，但那眯缝的双眼，在哭泣的瞬间无意识地张开，像闪电一样，与林良英的目光相接，一下子击中了他身上的某一根神经，引起炸雷般的轰鸣。一种不知从哪里来的原始冲击，让他突然感到周身震动。那么多个孩子，这是第一个出生时他在身边的孩子，他第一次深刻感受到这是自己的亲骨肉，是自己的血脉。他抱紧孩子，心疼万分，颤抖着问妻子："你，你怎么不要孩子了？"

何晋没有答话，她转过身子，伸手让丈夫把女儿给她，然后掀开衣襟，把奶头塞到女儿的嘴里，女儿便急不可待地吮吸起来，何晋不由得流下了眼泪。这个失而复得的孩子，让何晋感到残存的生命都流注到孩子身上了，她对孩子的爱，像救命稻草似的维系着一线希望。

她不知道，她以后也没有机会知道，这个差点被她丢弃的女儿，后来成了世界著名的妇产科专家，接生了数万个婴儿，救助了无数的中外女性，成了人们心中的活菩萨。

第二章 新式爸爸

大家都说林巧稚命大，要不她父亲怎会突然提前回家？寒冬腊月的，她被丢在地板上竟也不着凉感冒。林良英更是得意，他甚至觉得这个女儿好像是他自己生的一样，如果不是他赶回家，从床脚下把她捡起来，这个活泼可爱的女儿就没命了！因此，他对女儿宠爱有加。这也是他当了几任爸爸，第一个出生时他在场的孩子。

林良英 11 岁时就随父亲下南洋，边学习边谋生，跟随父亲在菲律宾、新加坡、马来西亚、印尼一带辗转，种植、经商、办工厂都尝试过，状况时好时坏，生活勉强得以为继，但一件事改变了他的命运。在新加坡时，他是一家药店的伙计。店主见他聪明机灵又勤劳刻苦，将其收为义子，并把他送到英国读书。读了书又见识了西方文明的林良英，谋生能力和思想境界大为提高，生活开始好转。

◆ 林巧稚父亲——林良英　　◆ 林巧稚母亲——何晋

　　21岁时他回乡成亲，娶了厦门何厝人家的女儿，时年19岁的何晋。成亲半年后林良英回南洋继续经营。一年后，大女儿款稚出生。

　　林良英一直在南洋讨生活，几年才回家一趟，住个一年半载的，留下个把孩子，然后又走了，何晋一人含辛茹苦地带大孩子。大儿子振明、二女儿预稚、二儿子振东在十几年间陆续出生。还有一个三女儿，出生时不哭不闹、不吃不喝，何晋自己已疲惫不堪，就把她放在一只浅脚桶里，盖上旧被，哭了就喂奶，不作声就不管了。因为已经生过两个女儿，现在又生了个女孩，何晋并不喜欢。两天后，三女儿归天，她没与父亲见上一面，更不知道以后还有个妹妹巧稚，差点会有跟她一样的命运。

在闽南，像他们这种情况的家庭有许多，青壮年都在南洋，家里只剩妇孺老人。到东南亚谋生的男人们，都是年幼时随父下南洋学习经商、种植，成年后回祖籍娶亲成家，后又重渡南洋，数年回家一趟，扫扫墓，修修祖祠，然后把可以当帮手的未成年儿子又带走。如此循环往复，一代又一代的男人都这样生活，而女人们则成了生育机器和守护祖祠、替男人输送劳力的工具。她们长年守空房，幸运的婚后马上能怀孕生子，有个孩子相伴，不幸的要等待多年才有一次机会。可等孩子长大后，孩子又被带走，不知哪年哪月才能再相见。男人却要比女人自在得多，他们用不着长年等候，多数都在南洋另娶他人，生活有人照顾，日子也不寂寞，至于老家的原配，每年给寄些银两回去，就算尽了责任了。他们回家时照样风风光光，自视为养家糊口的人。许多闽南妇女都忍受着这样的命运，所谓"嫁工一身脏，嫁农饿肚肠，嫁渔遭风浪，嫁侨守空房"是也。

  林巧稚的妈妈也不例外，但她略幸运一点。她的丈夫林良英受过西方文明教育，开始时经商，后从事教书育人的工作，思想开明，没再另娶，也没有把家中的孩子带走，这给林巧稚的妈妈留下了安慰，也加重了她的生活负担。他每年能寄给家里的费用相对有限，家里大小几口就靠她一人支撑着。

  闽南人到南洋谋生的记录在明朝中叶就已经开始，至鸦片战争后，逐渐形成潮流。因为闽南地处中国的东南沿海，许多先民是从河南、山西逃避战乱或宫廷迫害而来的，本来思想上就不受束缚，文化上和经济上与海外接触较多，观念相对自由开放。早在宋元时期的数百年间，泉州的海外通商贸易就十分发达，鼎盛时期同世界上一百多个国家和地区进行经济贸易和文化往来，各色人种杂居其间，各种宗教兼容并蓄。有时，在一条小街上，可以同时看到佛教、伊斯兰教、天主教、儒教、道教、摩尼教的庙宇并存，人们各拜各的，互不干扰。当时的泉州城出现了"市井十洲人""涨海声中万国商"的繁华景象。意大利旅行家马可·波罗在他的游记中曾描述道："宏伟壮丽的刺桐城，是世界上最大的港口之一，大批商人云集这里，货物堆积如山，的确难以想象。"当年的刺桐城就是如今的泉州城。

直到明朝，三保太监郑和七下西洋都与泉州有着千丝万缕的联系，第五次就从泉州下西洋，留下"行香碑"等遗迹，带走了一批追随者。《明成祖实录》中记载，郑和下西洋首航的前两年，即永乐元年（1403年）福建都司受命建造海船137艘，第二年又受命再造5艘，都是为郑和准备的。而下西洋需要的数万名舵工、水手，首先在福建招募。郑和七下西洋的副使，与他齐名的世界级的伟大航海家王景弘，也是闽南人。

这样一个长达30年之久、规模巨大、前后7次的带着天子御命的航海探险商贸行动，浩浩荡荡地从福建的长乐、泉州一带出发，每次回返，都带回异域的奇珍异宝和朝贡番使，让人大开眼界，给当地的民众带来巨大的吸引力。厦门历史上属泉州府，又是著名的天然良港，海上的往来在民间早已悄然进行，民众对西番、南洋都不陌生。"下南洋"跟北方人"闯关东"一样，是当地人的一条生路。

后来，林良英收入多了。他是个热爱自然、崇尚优美的浪漫主义者，便在财力尚不是很足的情况下，在鼓浪屿买了一座屋顶呈八卦形、白色面海的两层小楼，称其"小八卦楼"。林良英认为这风景如画的地方，最能陶冶性情，培养才智。他已厌倦在海外漂泊的生活，于是卖掉新加坡的房产用品，带了几大箱书籍回到鼓浪屿，准备与妻子儿女过悠闲的安居日子。

林巧稚就是在这时候被怀上的。他们家的孩子年龄参差不齐，大女儿款稚已经出嫁了，大儿子振明已可以支撑起半个家，二儿子振东还在上小学，等把二女儿也嫁出去，家里就清静了。这时，母亲何晋已人到中年，她以为自己的生育之舟已划到尽头，可以上岸歇息了，没想到又怀上了这个小女儿，被她视为多余。父亲林良英却认为这个小女儿是他这段如意生活的总结，是锦上添花，因此颇为得意。

林良英把林巧稚视若掌上明珠。前面几个孩子，出生和成长他都不在身边，好像是别人家的孩子，留下了遗憾。现在这个小女儿是他捡回来的，小女儿第一眼看他的眼神就让他深受感动，他觉得自己与这个女儿之间有一种无法言说的心灵感应。

少年
林巧稚

◆ 鼓浪屿晃岩路47号，早年称"小八卦楼"，1901年林巧稚在这里出生并度过童年

林巧稚出生后的第三天，林良英对全家人宣布："我给她取名为林巧稚！这个'巧'是她的命，也是我们林家的机缘，我相信她会给我们全家带来福分！你们都要爱她，好好栽培她！"

坐在他旁边的何晋嘀咕一声："可惜是个女的。"

林良英却说："女的怎么啦？女的也可以有出息，你们都记住了吗？"他郑重其事地看一眼大儿子振明，他已经是个十七岁的小伙子了。林良英知道，自己和妻子年纪已大，身体也不好，这个小女儿将来只能靠兄长了。他今天就要把这话说清楚了，不能因为她是个女孩而被剥夺受教育的机会。大女儿款稚和二女儿预稚,因为自己不在身边,都没有上学。现在这个小女儿不能再这样了!

他对振明说:"来,过来抱抱小妹,长兄如父,我把她托付给你了。"

振明小心翼翼地从母亲怀里捧过妹妹,这个才出生三天的妹妹先是对他定定地看,突然就咧嘴笑了。振明大叫:"她在对我笑!"其他人都围过来,振东和预稚也争着要来抱小妹妹。这个妹妹俨然成了家里的宝贝。

林良英一甩脑后的长辫子,让辫子在脖子上绕了几圈,神气地说:"这是个小精灵!你们要好生待她!"

这是1901年,一个还留着长辫子的父亲,能对刚出生的女儿说出这样的话,实属难得。但是,在鼓浪屿这样的地方,有什么奇怪的事情不会发生呢?

第三章　说说鼓浪屿

那时候的鼓浪屿是个令人眼花缭乱的地方。那时的中国，还是清王朝的天下，到处是留着长辫子、不知地球为何物的大清臣民，鼓浪屿却停靠着像海上楼房、粗大的烟囱冒着滚滚黑烟的"火船"。从"火船"上蜂拥而来许多长得奇形怪状的外国人，有高鼻子蓝眼睛的白种人，有卷头发黑皮肤的南亚人，他们穿着紧身衣，嘴里叽里咕噜地说着谁也听不懂的洋话，吃饭用刀叉、用手抓，就是不用筷子夹。真是叫人大开眼界，匪夷所思。

接下来，很多半洋半土、穿西装或长衫马褂、戴着礼帽的中国富人，也从南洋和其他地方来到鼓浪屿。富人一多，岛上就有大量挑担、推车、摇着小舢板、干着杂役的当地百姓。这些当地百姓是来赚富人的钱的，鼓浪屿被称为"富人的天堂"，聚集了大量的有钱人。除了外国人，还有在海外赚到钱的华侨富商，特别是甲午战争后，那些不愿意留在台湾当日本臣民的人举家内迁，很多人选择在鼓浪屿安家落户。鼓浪屿上著名的"菽庄花园"，就是台湾富绅林尔嘉按台湾板桥老家的模样建造的。

来自世界各地的人，带来了世界各地先进的科学技术和不同的文化艺术、生活方式，他们在鼓浪屿上置业经营，传播自己的信仰和价值观念。鼓浪屿在短短数十年间，人口激增，楼房林立，产业遍地。世界各地不同风格的房子出现在鼓浪屿上，使鼓浪屿成了万国建筑博物馆，教堂、医院、学校、音乐厅、足球场……早在1860年，鼓浪屿就组建了足球队、网球队、板球队、曲棍球队。电灯、电话、自来水在鼓浪屿已经不稀奇。那时的鼓浪屿是一个中西荟萃、引领时代潮流的地方，经济、科学、医疗、教育都十分发达。

那么，鼓浪屿为什么会跟中国的其他地方不一样呢？一方面靠它特殊的自然环境，更重要的是社会历史原因。其实，像鼓浪屿这样的小岛在东南沿海比比皆是，但它们并不能像鼓浪屿那样成为海上明珠。至于为什么呢，那就要从鼓浪屿的历史说起了。

早期的鼓浪屿，只是一个与厦门岛隔着几百米远的圆形小岛，面积只有不到2平方千米，被称为圆沙洲。岛上有一块大石头，每当涨潮的时候，海浪冲击这块石头，就会发出擂鼓般的轰鸣。人们就把那块石头叫作"鼓浪石"，圆沙洲也渐渐被称为"鼓浪屿"。那时候，鼓浪屿还只是个荒芜的小岛，上面住着少量贫穷的渔民和亡命之徒，是海盗出没的地方。

到了 1840 年，鸦片战争开始，在广东讨不到便宜的英国侵略者沿海北上，准备直抵天津海口，威胁清政府。1841 年 8 月，北上天津的英军舰队路过厦门时，发现了这座位于厦门岛外围的美丽小岛，惊呼其为"尘世的天堂"。他们对厦门守军发起了进攻，轻而易举就攻陷了厦门。英国人留下 3 艘军舰和 500 余名士兵驻守，其余兵力继续北上。这些留下来的军舰就停泊在鼓浪屿的海面上。

1842 年 8 月 29 日，清政府打不过英国人的坚船利炮，只能屈服求和，在英国军舰上签订了丧权辱国的《中英南京条约》。次年，道光皇帝又批准了《中英五口通商章程》，厦门成为条约规定的首批五个通商口岸之一。

根据条约，作为通商口岸，厦门辖区内的鼓浪屿允许英国人及其家眷居住、贸易，允许英国派设领事机构，在清政府交清赔款之前，英国军队可以驻守鼓浪屿。

除了最早进驻鼓浪屿的英国士兵和英国驻厦门的领事官员，很快又来了英国的医生和传教士，有的是医生兼任传教士。那时候基督教正在东扩，各教派都竞相向中国派出传教士。传教士都受过培训，多才多艺，有的就是博学之士。像创建了鼓浪屿著名的"救世医院"的美籍荷兰人郁约翰，既是归正教的牧师，又是医生和教育家，还是才华横溢的建筑设计师，鼓浪屿岛上标志性的建筑八卦楼和船屋就是他设计的。

◆ 鼓浪屿上的八卦楼

  继英国人之后，欧洲其他国家及美国、日本等国的冒险家都纷纷来到鼓浪屿。最多的时候，鼓浪屿上有十多个外国领事机构。这些外国人在鼓浪屿成立了"鼓浪屿公共地界工部局"，简称"工部局"，用西方的方式管理鼓浪屿，鼓浪屿的一切公共事务由工部局管理。英国人习惯以印度人为役仆，工部局的外国巡捕以印度人为主，岛上的印度人随处可见。

  林巧稚出生的时候，鼓浪屿已有近6000人口。因与海外的交流多，鼓浪屿的经济、教育、医疗已相当发达，社会比较开化。教会把免费为穷苦民众治病和教育作为传教的手段，在鼓浪屿开办了各种医院和学校，郁约翰创办的"救世医院"是闽南第一座现代意义的正规医院，他还创办了闽南首家医学专科学校，学制五年，为当地培养了医学人才。他创办的"护士之家"是中国最早的护士组织。"救世医院"在闽南一带声名远扬，救治了大量的民众，培养了大量的医学人才。

1844年，英国伦敦公会的传教士施约翰夫妇首先在鼓浪屿创办了"福音小学"，这是鼓浪屿最早的小学。第二年，美国归正教也开办了第一日校，1847年又开设了第一所女子小学。中国第一所幼儿园——号称中华第一园的"怀德幼稚园"，1898年就在鼓浪屿诞生。怀德幼儿师范学校也是福建最早的幼儿师范教育机构。鼓浪屿著名的毓德小学、毓德女中、寻源中学、英华书院等都培养了大量的人才。

除了医疗、教育，鼓浪屿的工业、商业、金融、文化也很繁荣，岛上有发电厂、电话公司、自来水公司、轮船公司、罐头厂、制冰厂、机器电气厂、米厂、石油公司、银行、保险公司、唱片公司等。公共租界的管理方式使鼓浪屿在动荡不安、兵匪横行的晚清时期，成为海外华人、华侨的"安全岛""避风港"，海内外成功的华人都慕名来鼓浪屿发展、定居。

林巧稚的父亲也属于这群人，只不过他的钱不够多，但性情更浪漫，他在财力尚不充足的情况下，就在日光岩下盘了一座带前庭后院的二层小楼，号称"小八卦楼"。这是一个位置极佳的地方，背靠壮美的日光岩，地势由高而低，往前不远处就是开阔的港仔后海滩。他最满意的是在二楼的卧室就可以凭窗观海，看着港仔后海面潮起潮落，听着隐隐的潮声进入梦乡。依山面海，这是最有诗意的居所。

入住不久，小女儿林巧稚就在这里出生。林良英觉得小女儿为自己的晚年生活锦上添花，便把林巧稚视若掌上明珠。

林巧稚就在这样的环境里出生成长。日光岩迷宫一样神奇的大自然，给了她探险寻幽的好奇心；港仔后洁白细腻的沙滩，造就了她温柔深情的性格；自家二楼面海的窗口，让她向往远方广阔的世界；鼓浪屿岛上来自世界各地的先进科学技术和文化，吸引着她强烈的求知欲；而家人的爱，则给予了她博大的胸襟和爱心。特殊的环境造就了她特殊的人生。

◆ 鼓浪屿

第四章　第一次胜利

何晋虽然差点不要了这个小女儿，但对失而复得的林巧稚却是加倍的疼爱，也许有一份愧疚吧，也许是老来得女，她想好好调教这个小女儿，让女儿成为好命的女人。

那是个男尊女卑的年代，女子无才便是德。何晋希望林巧稚好命，不是要她读书识字、通情达理，将来成为对社会有用的人才，而是要让她低眉顺眼、贤淑姣好，将来嫁个好人家。这是当时女人为自己争取未来最重要的手段。

林巧稚长得像父亲，有高高的额头，深深的眼窝，鼻梁直挺，可惜嘴巴有点大。虽然老话说"嘴阔吃四方"，但那是用于男人的，女孩儿最好是樱桃小嘴。可也没办法了：何晋知道自己嘴巴也不小，不能怪女儿。还好女儿聪明伶俐，才七个月大就会喊爸爸妈妈，不到一岁就在爸爸的教导下会说简单的英语单词。林良英在新加坡学的就是英语，回国后不想再做实业了，就在鼓浪屿的学校里以教英语为生。

有了林巧稚后，他经常把小女儿放在膝盖上，坐在院子里，指着天上的月亮说"moon"，指着院子里的树木、花朵说"tree""flower"，指着飞过的小鸟说"bird"，等等。结果当有一天还不会走路的林巧稚对着院子里的鸡鸭喊"duck""chicken"时，林良英愣住了，等回过神来明白她是在说英语时，不禁乐得哈哈大笑，说："咱们家Limi会说英语了！"Limi是林巧稚的英文名，她还不会说汉语就先会说英语了。这样，林良英教她英语的干劲就更大了。

可是，对何晋来讲，女儿会不会说英语并不重要，她在乎的是女儿的脚，看着林巧稚在家里跑来跑去，她的担心越来越强烈——得赶紧给她裹脚，再不裹起来，这样跑一定会让她长成大脚婆的。那个年代，相亲看的不是脸，而是脚，女人美不美，就看她的脚小不小，"三寸金莲"才是美女。而女孩子，从三四岁起，家里就要开始给她缠足，就是用布条把脚掌紧紧地绑扎起来，使之弯曲变小，最后两只畸形的脚丫像两根竹笋一样。这是自古就有的习俗，不论贫富，女孩儿都要缠足，如果没有缠足，长成大脚，那就跟丑八怪一样嫁不出去了。何晋担心的就是这个。

所以，她买来了缠足用的红布条，把三岁多的林巧稚叫过来，对她说："乖咪咪，咱们把脚绑起来。"林巧稚的英文名叫

"Limi"，因为她的嗓音清脆，又爱跟着爸爸咿呀唱歌，爸爸又叫她"哆来咪"，家里人就叫她"阿咪""咪咪"。

"为什么要绑脚呢？"

"绑脚才好看。"

"好！"林巧稚高兴地把脚伸到妈妈面前。

妈妈脱掉林巧稚脚上穿的虎头鞋，把她的脚洗净擦干，然后用红布条从脚踝开始绑，当她使劲把林巧稚的脚掌往里拗并绑起来时，林巧稚叫道："痛痛！妈妈我痛！"

妈妈说："忍忍，一会儿就不痛了。"

可是，妈妈越绑越紧，林巧稚感觉越来越痛，她又叫起来："我痛，我不要绑！"

"你乖乖忍一下。妈妈给你糖吃。"

林巧稚却踢着脚喊："我不吃糖，我不绑脚！"

妈妈仍抓住不放："不吃糖也要绑，女孩子都要绑的。"

"为什么女孩子要绑脚？"

"小脚才好嫁人啊！"妈妈把自己的脚伸给林巧稚看，"你看，妈妈小时候也绑脚的，痛一下就好了，长大你才不会怪妈妈。"

"我不怪妈妈，我不绑脚！"

"那也不行，你会嫁不出去的。"

"我不要嫁出去！"

"嘘——"妈妈捂住林巧稚的嘴,"女孩子不嫁人,那成何体统?小孩子不可乱讲。"

林巧稚趁妈妈用手来捂自己的脸时,挣脱了脚上的布条,赤着脚就跑了,边跑边喊:"我不嫁人!"

"阿咪——"妈妈身体虚弱,折腾两下就气喘吁吁的,看着女儿跑了,也没力气追了,只在背后喊:"回来!看我不打你!"

林巧稚像逃脱的兔子,一溜烟就到了二楼爸爸的房间。

爸爸看到满脸通红、眼里噙着泪的女儿,赶忙放下手里的书,问:"你怎么啦?"

林巧稚不敢大哭,只是啜泣着说:"妈妈!"

"妈妈怎么啦?"

"妈妈要绑脚!"

林良英看到林巧稚的赤脚和脚上的红印子,知道是怎么回事了。妻子曾跟他说女儿该裹脚了,上面的两个女儿都裹了脚。他长期生活在新加坡,对国内女人裹脚颇不以为然,两个大女儿裹脚的时候他不在,没办法干预,现在这个小女儿又要裹脚,他就不乐意了。所以他对太太说:"阿咪就不要了吧?现在不时兴这个了。"

这时的鼓浪屿上已经有"厦门戒缠足会",这是1874年英国伦敦会牧师麦高温倡议成立的,是中国近代史上第一个反缠足组织。戒缠足会第一次集会时，签名加入的厦门妇女就有40多人，她们已经明白缠足是一件痛苦、屈辱和丑陋的事情，是对女性的歧视和摧残。到了林巧稚出生的年代，厦门戒缠足会已经有1000多人，小脚在人们眼里已经不再好看了。

所以，林良英是反对给女儿裹脚的，没想到太太还要裹。他揽过林巧稚说："不怕，咱不绑。"

"爸爸好！妈妈不好！"

"嗯，不能说妈妈不好，妈妈也是为你好，只是她不懂，你也不懂。"

说得林巧稚更不懂了，但爸爸说可以不绑脚了，她就很开心。

这时，妈妈又在楼下叫她，吓得她直往爸爸身后躲。爸爸说："放心，爸爸保证你不用绑脚，但你要好好读书，将来做一个自立的女孩。"

"什么是自立的女孩？"

"唉，"林良英叹口气，觉得没办法跟这么小的孩子讲这些，但他不愿意自己的女儿像太太一样，一辈子围着男人转，生儿育女，一身病痛。他只能说，"你长大就知道了。"

林巧稚睁大眼睛看爸爸，她不懂得"自立"是什么意思，但知道，不绑脚就要好好读书，好好读书就能自立，而绑脚就是为了嫁人。所以，她郑重地点点头说："我要读书！我不嫁人！"

爸爸笑起来："哈哈！哪有女孩子不嫁人的？你要读书，也要嫁人。"

林巧稚看着自己的脚说："妈妈说绑脚才能嫁人，我不绑脚怎么嫁人？"

爸爸又笑，说："你只要好好读书，不绑脚也可以嫁人。"

"好！"林巧稚在心里喊：我一定要好好读书！但对嫁人，她认为是不好的事情，从那时起，她就把裹脚的不愉快记忆与嫁人联系在一起。

第五章　妈妈去哪里

看着林巧稚跑了，丈夫又护着女儿，缠足的事一时是办不了了，何晋感到无奈又释然：无奈的是林巧稚小小年纪竟那么倔强，自己都拿她没办法；释然的是，自己尝试过了，没缠成就算了。她甚至有点儿高兴女儿不用缠足了，因为她也知道缠足的痛苦，小脚的不方便。只是她担心，没有缠足，女儿将来出阁时会有麻烦。

可是，将来……何晋突然一阵悲伤，她知道自己是看不到林巧稚的将来的，她的身体已经出了问题，下身不停地淌血，身上总有一股臭味，整个人像被掏空了一样，虚弱得拉不住一个三岁的小孩，她已经做不了多少事情，大部分时间都是躺在床上的。

她去看过中医，中医说是妇女病，抓了中药吃，可吃了成担的中药，家里的积蓄都快吃光了，身体还不见好转。丈夫让她到洋人开的医院看病，鼓浪屿已经有洋人开的规模很大的西医院，给穷人看病还免费，用的也都是国外先进的机器，有好多中医治不好的病他们都治好了，连那些人人讨厌的鸦片鬼，也被他们接到医院里治好了烟瘾。但何晋去一次就再也不肯去了，因为洋医生说要检查身体，可女人的身体怎么能让男人看呢？而且是洋人！何晋死活不肯。没办法，她只好到种德宫去拜大道公，求大道公保佑除病解厄。大道公是远近闻名的医神，老百姓有什么头疼脑热的，去拜拜都能见效。可她知道，自己得的是大病，大道公也救不了，自己的时日不多了，她最放心不下的还是这个小女儿。

自从知道妈妈要给自己绑脚后，林巧稚就躲着母亲，她以为妈妈不爱自己了，要用绑脚来惩罚自己。以前她总是像跟屁虫一样跟着妈妈，还能当妈妈的小帮手。爸爸给编了个顺口溜："小鸡跟母鸡，小鸡是阿咪。母鸡手脚忙，阿咪快来帮。"但是，现在她不跟妈妈了。

以前母亲躺在床上的时候，她会赶紧往床上爬，给妈妈捶背，唱歌给妈妈听，要妈妈讲故事。更主要的是，妈妈身体不好，家里会为妈妈专门炖些补品。妈妈每次吃时，都会招招手，让林巧稚过去，分几块肉或几口汤给她。现在，林巧稚连这些东西都不想吃了，她躲在离妈妈几步远的地方，怯怯地看着妈妈。如果妈妈要她帮忙端水、拿毛巾、扇风，她就赶紧过去，做完了就跑开，好像怕妈妈会抓住她，这让妈妈很难过。

何晋对林巧稚说:"咪,你过来,给妈妈捶捶背。"

林巧稚小心地过去,确信妈妈手上没有绑脚的布带后,才爬上床,跪在妈妈身后捶起来,还问:"妈妈,我捶得好吗?"

"很好!咪咪真乖。"

"那妈妈就不要给我绑脚了哈,绑了脚就会捶不好的。"

说得何晋都笑起来:"你不绑脚,以后怎么嫁人?"

"为什么要嫁人?"林巧稚觉得,妈妈对自己说得最多的就是嫁人,什么事都跟嫁人有关,女孩子站有站样,坐有坐相,吃东西不能有声音,见人要低眉顺眼……现在又要绑脚,都是为了以后嫁人。嫁人到底是个什么东西?女孩子为何都要听它的?

何晋觉得没办法跟她说,只说:"你长大了就知道了,嫁人是女人的命,谁也违抗不了。"

林巧稚似懂非懂,但妈妈已经答应不给自己绑脚了,她就很高兴了。她向妈妈保证:"爸爸说,好好读书,不绑脚也可以嫁人,妈妈放心。"

何晋叹一口气,丈夫就是这样的书呆子,这样教孩子,自己走了以后女儿怎么办啊?她就不相信,一个只会读书的女孩子会嫁到好人家。

到了第二年的冬天,何晋感到自己熬不过这个冬季了,她的身子像掉到冰窟窿里,全身没有一点热气,都要林巧稚跟她躺在一起,靠女儿身上的热气来温暖自己。她抱着林巧稚说:"咪,等妈妈走了,你就要自己睡了。"

"妈妈要去哪里?"

"嗯,"何晋一阵悲怆,她对即将到来的另一个世界也充满恐惧。她抑制着不让自己哭出来,颤抖着说:"去一个地方,那里可以治好妈妈的病,妈妈就不再难受了。"

"好,我跟你一起去。"

母亲苦笑着:"有的地方只有大人才能去,小孩不能去。"

"那谁来帮妈妈拿药?"

"到那里妈妈自己就会了。"何晋终于搂着林巧稚哭起来了。

林巧稚替妈妈擦着泪,安慰道:"妈妈不要哭,等你好了回来,我们来做粿。"每年春节妈妈带着林巧稚做年糕,是林巧稚最开心的时候,春节快到了,她盼着跟妈妈一起做年糕呢!

妈妈说:"好,你要听爹地的话,听大哥的话,要想着妈妈。"

"我会的!"林巧稚说着就迷迷糊糊地睡着了。

第二天醒来,林巧稚发现自己睡在大哥的房间里。她跑回妈妈的房间,看到妈妈还在睡,爸爸、大哥、二哥和姐姐都围在妈妈身旁。他们看到她进来又哭起来。

林巧稚不知道他们为什么哭,问:"妈妈为什么不起来?"

大哥抱起她说:"妈妈累了,我们不要吵她,让妈妈好好睡。"然后就把她抱出房间。

那几天家里人都不让林巧稚靠近妈妈，他们给妈妈穿上好几层的衣服，妈妈也不睁开眼睛，林巧稚叫她，她也不应。然后妈妈被装进一个木盒子里，放进地底下，用泥土盖起来了。

林巧稚很害怕，她不知道妈妈为什么要这样，埋到地里还能回来吗？她不停地问爸爸："妈妈要去哪里？妈妈去哪里了？"

父亲不厌其烦地告诉她："妈妈到天堂去了。"

"天堂在哪里？"

"在一个美丽的地方。"

"妈妈什么时候回来？"

父亲的眼泪流了下来，哽咽着说："阿咪乖，你长大了妈妈会来看你。"

看到父亲哭了，林巧稚也吓得大哭，抱住父亲喊："我要找妈妈！"引得全家人又放声大哭。

那时，她只有五岁。后来她知道了，妈妈去天堂了，找妈妈要到天堂找。但是，天堂怎么走？爸爸随口对她念道："天堂在天上，人人看得见。想要怎么去，问问你自己。"她就跟着念，一直念着，她想妈妈，她想去天堂找妈妈。

第六章　蒙学堂

没有妈妈的家里变得很安静,没有了妈妈的咳嗽声和絮叨声,爸爸也变得沉默寡言,哥哥姐姐都小心翼翼的。林巧稚很害怕,晚上她一个人睡觉,抱着妈妈为她做的抱枕,妈妈说:"以后你自己睡了,抱着它,就像妈妈在你身边。"她就对着抱枕,对着黑洞洞的房间一遍又一遍地小声叫着:"妈妈,妈妈。"要叫很久很久才能睡着。

早上醒来,爸爸已经到附近的学校教英文了。大哥振明在妈妈还没去世时就辍学出来谋生,每天早出晚归操劳,因为要给妈妈治病,家里的钱不够用了。二姐在妈妈去世前出嫁了。二哥还在上中学,大部分时间在学校里。白天家里只有林巧稚和在家帮佣的阿姨。

林巧稚感到很孤单,她有一种想哭的感觉,却不敢哭,她很想有谁抱抱自己,让自己在他怀里哭一哭。但是,大人都忙着自己的事，没人来关心她。她在家里晃来晃去，摸摸妈妈睡过的床、坐过的椅子，问："喂，你们知道妈妈什么时候回来吗？"床和椅子都不说话。林巧稚说："你们不说我也知道，妈妈就要回来了！"

因为春节快到了，妈妈答应过年要带自己做年糕的。林巧稚就天天守在大门口，不停地转头，看路的两边，盼着妈妈回来，她不知妈妈会从哪一边出现。

她的家在晃岩路中段，晃岩路窄窄的，更像条巷子，三个人并排行走，手臂就会碰到墙壁了。路的两边是高墙，高墙上开出不同的门洞，一个门洞是一户人家。晃岩路弯弯的，又像一条弧形的飘带，从日光岩下飘到港仔后海滩。林巧稚经常从路的这头像一阵风一样跑到那一头。但她现在不敢跑了，她怕自己跑到这头时，妈妈从那头回家了，自己没有接到妈妈。

她等啊，等啊，等到家家户户蒸年糕的香气在巷子里飘，妈妈还不回来。林巧稚终于忍不住趴在门槛上哭起来了。她知道妈妈不会回来了。

开始有人放鞭炮过年了，这一年她们家不能放鞭炮，因为妈妈去世了。现在林巧稚才彻底明白，妈妈死了，死了就回不来了。这是大哥告诉她的。大哥给她买了花布，让还没过门的未婚妻给她做新衣服。妈妈临终前交代大哥，这个小妹妹就交给他了。妈妈知道爸爸年纪也大了，照顾不了林巧稚。如果爸爸还要续弦，就更靠不住了。大哥已经二十二岁，是家里的顶梁柱，他把母亲的嘱托记在心上。他也非常喜爱这个小妹妹。

林巧稚穿上准大嫂做的新衣裳还是闷闷不乐的。大哥逗她："怎么啦？阿嫂做的衣服不好看吗？"

林巧稚摇摇头。大哥又问："那是为什么呢？"

"妈妈为什么不回来？"林巧稚眼里噙着泪。

大哥知道不能再瞒着她了，就说："咪，你知道吗？人是会死的，死了就再也没有了。妈妈死了，我们再也没有妈妈了！"大哥说得自己眼圈也红起来。

林巧稚似懂非懂的，她还不理解"死"是怎么回事，但她现在知道了，"死"让妈妈回不来了。她突然对"死"充满了仇恨，大声说："我讨厌'死'！"

大哥又悲伤又心疼，开导她说："谁都讨厌'死'。但这是没办法的，谁也躲不了。"

"不能打它吗？"林巧稚奇怪这么坏的东西为什么不打它。大哥力气那么大，一定能打赢它的。

大哥忍不住要笑，但又笑不出来，只好说："嗯，有的人可以，比如救世医院的郁医生等人，他们是专门跟'死'打架的，但有时能赢，有时赢不了。"

"我长大也要像郁医生那样！"林巧稚突然两手叉腰，雄赳赳地说。

第六章 蒙学堂

"好！你好好读书，长大当医生。"这时，一个念头在大哥心里冒出来：要好好栽培妹妹，该送妹妹去上学了！

平时林巧稚是在家里由父亲用闲暇时间教她识字、学英文的，并不像在学校里那样全面学习。那个年代，女孩子是不兴读书的，大户人家可以在家上私塾，普通人家就是做女红或学点手艺。像林巧稚家这样不算有钱，却有点文化的家庭，真叫不上不下，父亲也没想到要送女儿去上学。

其实，在鼓浪屿上学并不难，各个教会都在鼓浪屿开办了学校，从幼稚园到小学、中学都有，又分男校、女校，还有专门为中老年妇女办的扫盲学校。大部分学校免费为民众开放，有的只需自己买文具，有的连文具也由学校提供。在林巧稚家不远处就有一家蒙学堂，相当于幼儿园，收五六岁的女孩，学习三年，毕业后进小学继续学习。

林巧稚的大哥跟父亲说了自己的想法。父亲当然是举双手赞成，他已经感到林巧稚一个人在家太孤单，自己也没有时间和精力陪她，送到蒙学堂去是最好的选择。

他们把林巧稚叫来，跟她说："让你去蒙学堂上学，好吗？"

"为什么要上蒙学堂？"林巧稚曾经去过蒙学堂，站在门外张望，里面给小孩上课的洋女人（人称"安嬷嬷"）对她招手："进来，Darling。"她吓得掉头就跑，以后也不敢再去了。但她看到里面有好多女孩子，其实她很想跟她们一起玩的。

爸爸说:"上蒙学堂可以学知识啊,你爱唱歌,她们会教你唱很多歌。"

大哥说:"还可以交很多朋友。"

林巧稚仍担心地问:"洋人阿嬷会打人吗?"

大哥说:"不会。"

爸爸说:"不乖也要打的。"

大哥赶紧又说:"是,不乖也要打。"

林巧稚笑起来:"那我去,我很乖。"

"好!"爸爸和大哥都松了一口气。爸爸拿了茶几上的一包绿豆糕给她,算是奖励。

大哥说:"我让阿嫂给你做个书包。"

林巧稚大声喊:"我要漂亮的!"

"好,漂亮的!"

第三天早上,林巧稚背着花书包,由大哥牵着手,来到不远处的蒙学堂。

他们进去的时候,安嬷嬷带着十几个女孩子站了起来,拍着手喊:"巧稚、巧稚,加入我们吧!"

林巧稚害羞地躲到大哥身后。

安嬷嬷来到她面前,拉起她的手说:"林巧稚,欢迎来到快乐的蒙学堂。"

林巧稚缩回自己的手说:"我不叫林巧稚,我叫阿咪。"

大哥笑着说:"阿咪是家里叫的小名,你的大名是林巧稚。"

林巧稚觉得很不习惯,好像是在叫另一个自己。

安嬷嬷说:"在学校里,就叫大名,回家才叫阿咪。我还给你取了一个英文名字——Linda。怎么样?喜欢吗?"

"Linda。"林巧稚小声重复一遍,她在家里有个英文名字 Limi,但很少叫,Linda 听起来比 Limi 舒服,好像有一只温暖的手抚摸了自己,她觉得喜欢,就笑了。

安嬷嬷也笑了,说:"那就叫 Linda 了。"然后带着林巧稚走到讲台边,对全班同学说:"大家欢迎亲爱的 Linda,林巧稚同学!"

女孩们就噼噼啪啪地拍着手。右边角落里一个女孩喊:"她是小八卦楼的!"林巧稚一看,说话的是住在港仔后海边不远的"同兴楼"里的女孩,她们互相眼熟,但彼此不知道对方叫什么,没想到她也在这里。

安嬷嬷示意大哥可以走了,她让林巧稚坐到那个喊她的女孩旁边,对女孩说:"妮娜,以后你多帮她。"

妮娜站起来,对林巧稚行了个屈膝礼。

林巧稚愣愣的,不知怎么办。

安嬷嬷说:"你也这样回她。"她做了个示范动作:两手拉起裙摆向两侧张开,一只脚退后,膝盖微屈,含笑点头,然后站直。接着,安嬷嬷对林巧稚说:"这是屈膝礼。女孩子对长辈和尊敬的人要行这个礼。"她让林巧稚也做一个。

林巧稚怯怯地做了一个,妮娜立即又对她回一个。

全班同学都笑了,安嬷嬷说:"很好!"

林巧稚脸红了,但她心里很高兴。

然后安嬷嬷指挥大家唱 *Amazing Grace*。

林巧稚愣愣地听大家唱,这又是她不会的,自己很爱唱歌,但这样的歌却不会唱。她发现,蒙学堂有很多自己不会的东西。

歌声很温柔,穿透了她的心房,她突然又想妈妈了,嘴里便轻轻地叫:"妈妈,妈妈。"眼里流出了泪水。

安嬷嬷看在眼里,过来抱住她。林巧稚依偎在安嬷嬷的怀里哭起来,家里得不到的,在这里得到了,她已经爱上了蒙学堂。

第七章　西学东渐

其实，蒙学堂只是一间房间，是一个信基督的富人家花园的一间休息室，被安嬷嬷用来办学校，招收附近人家年幼的女孩来读书。

安嬷嬷是长老会牧师的太太，她随丈夫到中国来传教。他们已经走过了几个地方，发现要把现代教育的观念传递给中国百姓是一件困难的事情。因为中国传统的教育体系下，读书是为了求取功名，当官入仕。对于贫苦的人家，生存都成问题，根本不敢有飞黄腾达的梦想，也就没有读书长知识的愿望。穷人家需要的是劳力，他们的孩子早早就要为家里分担劳务，五六岁的孩子已经会干很多活了。读书被认为是浪费钱财和时间，是有钱人的事。女孩子当然更不可能让家里浪费钱财，因为家长把女孩子当赔钱货，养大后是给别人家当媳妇的，他们只想让女儿在出嫁前为家里多付出，而不想花钱培养她们。当时大多数的女孩子没有受教育的机会和权利，没有知识和技能，将来只能依附丈夫，成为生育工具，很多女孩子的命运都是悲惨的。

"救救她们吧！"安嬷嬷想。她决心尽自己的力量来挽救这些可怜的女孩子，要让她们学文化，长知识，懂得男女是平等的，女人也有自己的权利和尊严。

但是，要让女孩子来读书可不是一件容易的事，中国百姓对洋人免费为穷人提供教育疑虑重重，民间传说洋人骗小孩去读书，是为了吸走小孩的魂魄，以增加他们在中国的生命力，因为很多洋人来到中国不适应当地的水土和气候，病了甚至死了。鼓浪屿就有一片"番仔墓"，专门埋葬那些不远万里来到鼓浪屿的洋人。最早随英国舰队来鼓浪屿传教的美国圣公会传教士文惠廉的夫人，抵达鼓浪屿的当年就逝世了，成了"番仔墓"的第一个入住者。那些洋人死后葬在一起，在异国他乡不至于太孤单。

即使这样，这一切也不会阻止洋人们涌入中国的步伐，鼓浪屿是他们认为进入中国的理想之地。

那时候，鼓浪屿上的中国人好像生活在田园牧歌里，多数人都是在南洋赚了钱后，回到鼓浪屿置业安居的，经济来源靠海外，在这里只是悠闲地过日子。他们在国外接受了西方文化，思想比较开明，对洋人也不感到陌生和排斥，这对洋人在鼓浪屿传教是个很好的条件。

比如安嬷嬷借用的校舍，就是一个南洋富商的私家花园里闲置的休息室，平时没什么用。现在用来办学，方便他家的女孩学习，对教会也是个贡献。这个富商自己在南洋已经皈依了基督教，正想让家人也接受西教，所以在他家办学皆大欢喜。

林巧稚的父亲也属于这样的人。他长年在新加坡任教职，接受西方社会的价值观，他在新加坡也已经加入了基督教，虽然他对家人信不信教无所谓，但女儿如果能学习基督教的教义，他是很乐意的。所以他选择了蒙学堂。

洋人们都知道，要传教得先传播知识，因为当时的中国老百姓大多数受教育程度不高，要让中国人理解并接受遥远的西方宗教，是很困难的。更何况中国的各路神仙多得数不胜数，大神如佛祖、菩萨、天公、玉帝等，地方神有妈祖、保生大帝、三坪祖师公等，还有初一、十五都要拜的居家小神，他们已经渗透到中国人的日常生活之中，每个村庄街道都有大大小小的庙宇，老百姓几乎见神就拜。贫穷无助的人们把生活的希望寄托于上天，祈求神灵保佑自己平安、发财。有钱人则是感谢上天的恩赐，让自己过上了好日子，更希望神仙保佑自己继续发达。有钱人和没钱人都对神灵心怀敬畏，家家户户都供着各种神祇。在闽南，常拜的有菩萨、财神、土地公、灶王爷，还有家里的列祖列宗。逢年过节，到处都有拜神的香火。洋人要在这众多的本土神仙中争夺中国信徒，真是费尽了心思。

如果从教育入手，让百姓先读书识字，再传输宗教思想，就能达到传教的目的。所以，洋人的传教与办学几乎是同步进行的。

自清道光二十四年（1844年）七月，伦敦会约翰·施敦力夫妇最早在鼓浪屿创办福音小学始，至清光绪二十八年（1902年）清政府开始倡办新式学堂，及清光绪三十一年（1905年）宣布"废科举，兴学堂"之后，鼓浪屿凭借教会学校几十年打下的基础，已经成为闽南现代教育的重镇。在林巧稚上蒙学堂期间，闽南地区各教会学校的学生总计有近万人，培养了一大批近代科学艺术人才。例如王应睐、黄祯祥、顾懋祥、卓仁禧、洪伯潜、张乾二等六位院士；考古学家、剑桥大学教授郑德坤；系统与控制工程及运筹学专家、清华大学教授吴沧浦；生化博士、神学博士陈慰中；剑桥大学教授、禽病学家朱晓屏；天文学家戴文赛、余青松；园艺学家李来荣……

读书本来就与中国人的传统价值观相符，自古就有"学而优则仕"的说法，"书中自有黄金屋，书中自有颜如玉"，靠读书改变命运是许多中国人实现梦想的途径。只不过大部分人穷，读不起书，只能对学堂望而却步。洋人就抓住这个缺口，为民众提供免费教育，不但不要学费，还提供学习用具，困难的学生还能得到生活上的补助。这样就吸引了一批渴望读书又读不起书的人。例如文人林语堂，他是平和坂仔乡贫困山区的农家子弟，因父亲信教，他得以到鼓浪屿教会学校免费上学，才成就了他的文学事业。否则，一个山窝窝里的穷孩子，哪知道"世界"为何物？最后竟能"两脚踏中西文化，一心只做宇宙文章"！

教会学校历来重视女子的教育，他们认为母亲对家庭的影响是深远的，因为母亲信教，将来她们的子女一般也都信教，教会的影响通过母爱渗透到下一代的心灵里，一种宗教就得以在一个地方植入。女子也会影响到丈夫，进而影响家族的其他人，让信教的人群像滚雪球一样壮大。

所以，他们把培养信奉上帝的"贤妻良母"作为办女学的重要目标。面积仅 1.88 平方千米的小小鼓浪屿，在 1900 年之前就有多种女学，目标人群涵盖了从幼稚园的女娃到 70 岁的老妪。19 世纪末 20 世纪初，鼓浪屿的女子教育和女性解放运动就已十分活跃。

1847 年美国归正教就在鼓浪屿开设了女子小学。以后各种女学堂、女中、女学所相继出现。1898 年英国长老会牧师在鼓浪屿创办的幼儿园，是中国最早创办的幼儿园，5 岁以上、8 岁以下的男女幼童都可以到这里学习。幼儿园与中国的私塾、家学有类似之处，不同的是，前者是社会化的，后者仅限于宗亲。

1886 年，美国人为已婚妇女信徒创办的"妇女福音院"，算是最别具一格的女子学校：入学的妇女不限年龄，最年轻的 20 岁，最老的 70 岁。刚开始时，只有 18 个羞答答的女人前来凑热闹，她们无一例外地缠着小脚，有的怀里还抱着吃奶的孩子。她们多数顶着婆婆和丈夫的压力，准备来看一看，情况不对就赶快弃学离去。妇女福音院恰是一个多功能的舞台，给妇女们发现和展示自己提供了场所。她们到了这里以后，才知道天地很大，有趣的事情很多，许多女人像着了魔一样，上了福音院就不肯离去了。林巧稚家隔壁的白阿婆就上过两轮，要不是丈夫躺在床上需要照顾，她还想一直上下去呢。因为有教会的支持，已婚妇女求学或社会活动，丈夫和婆婆虽不情愿，但也只能干瞪眼；再说她们回家后，把学校听来的《圣经》故事再添油加醋说一遍，大家也听得津津有味，有时听上瘾了，还急着等下回分解呢。

于是，有聪明的妇女干脆把婆婆也拉上，婆媳结成同盟一起上学，丈夫就一点办法也没有了。鼓浪屿的妇女福音院一度影响很大，吸引了漳州、同安和厦门郊区的已婚妇女前来求学，高峰时期学生达200人。闽南话说"三个渣姆，等于一阵锣鼓"，鼓浪屿妇女福音院的情形，应是蔚为壮观的。

同时，从基督教"人人生而平等"的教义出发，教会学校力图使妇女通过接受教育获得独立生活能力，从而改变妇女的社会地位。像这样的学校在鼓浪屿有多个，教会学校甚至收留了被虐待和被遗弃的妇女，教给她们生存技能，改变了许多穷苦和普通女性的命运。鼓浪屿的几家女子学堂培养出了林巧稚、何碧辉、黄墨谷、黄萱等一批闺阁女杰，宣示了男女平等的真理。

而从事教会教育的女士都有献身基督的精神，很多是立志不婚，决意把一生奉献给福音事业，像林巧稚的恩师玛格丽特小姐就是这样的人。

教会学校成就了鼓浪屿的文化底蕴，毕业于鼓浪屿英华中学的社会学家黄猷说："为这种文化所化的一代、两代鼓浪屿人，男士是昂藏、洒脱而敬业、勤谨，女士则是修整、大方而喜乐、恬静，一群群男女青年学生走在街上就是一道道显得超凡脱俗的风景线。这是真情的流露而非对英国绅士、淑女贵族气派的仿真。"

第八章　初识学理

从第一天起，林巧稚就爱上了蒙学堂。

上课的时候，她突然觉得这个房子里充满了吸引力，有那么多她需要知道的东西。早知道这样，上一次安嬷嬷叫她进来她就不该跑掉。

放学的时候，她急切地要回家去告诉爸爸和大哥，从前有一条大船，叫"挪亚方舟"，仁慈有义的人才能住到"挪亚方舟"上。上帝要下大雨把世界淹没，只有住到"挪亚方舟"上的人和动物才不会被洪水淹死。她想起来，每年夏天刮台风的时候，海上波涛汹涌，然后就有人和动物的尸体及各种杂物漂到港仔后的海滩上。现在她知道了，那就是被洪水淹死的。现在还有"挪亚方舟"吗？有了"挪亚方舟"，这些人和动物就不会被淹死了。她要赶紧回家去问爸爸。

就在她抬腿就要往外跑时，妮娜拉住她说："安嬷嬷还没亲你呢。"原来放学的时候，女孩子们都要挨个对安嬷嬷行屈膝礼，安嬷嬷则在她们的额头上吻一下，并对她们祝福，她们才离开。出门的时候要挺胸昂首，脚尖着地，不可大声喧哗。大家已经在排队等待与安嬷嬷告辞了。

林巧稚难为情地被妮娜领到队伍后面，当她对着安嬷嬷行屈膝礼时，安嬷嬷对她祝福后还多问了一句："亲爱的Linda，你喜欢这里吗？"

林巧稚红着脸点点头。安嬷嬷说："很好，去吧。"她马上又要跑起来，看到前面的女孩子像小母鸡一样，抬高脚，脚尖落地，一步一步往外走。她赶紧刹住，也学她们那样，一步一步往外走，心里感到既紧张又有趣。

回到家，爸爸和哥哥都还没回来，她没办法对他们行屈膝礼。家里只有帮佣的秋姨在忙着做饭，她就对她行了个屈膝礼。秋姨看她一眼，笑着说："夭寿（闽南话，表示惊叹、惊讶的意思）耶，都学番仔（外国人）样了。"随后又继续忙她的事。

林巧稚觉得很扫兴，秋姨怎么不像安嬷嬷那样给自己祝福呢？她转身看到家里的猫正迈着猫步走过来，感觉很像蒙学堂要求女孩子走路的样子，便对它行了个屈膝礼。猫倒是礼貌地对她叫了一声，林巧稚感到很开心，便一鼓作气，跑到花园里，对着鱼缸里的金鱼行礼，转身又对桂花树、洋桃树、七里香、月季花、栀子花、三角梅、凤尾竹以及树上的麻雀一一行礼，嘴里小声地说："你们知道吗？我上蒙学堂了。"这些树木花草、鱼虫猫鸟都是她的好朋友。它们都对她报以热情的祝贺，树叶摇得哗哗响，鸟儿叽喳叫，花香盈满园，鱼儿跃水面……林巧稚很满意，就对它们说："我在蒙学堂学到了什么，我就回来教你们，好不好？"

爸爸正好回来了，哈哈笑说："好呀！你也教教我吧。"

林巧稚一下子扑到爸爸怀里，撒娇地说："爸爸是最厉害的，爸爸不用教了。你快告诉我，什么是贪婪、仇恨、嫉妒吧！"然后又说："等等。"她推开爸爸，让爸爸站好，在爸爸一步开外正儿八经地对爸爸行了个屈膝礼。

爸爸对她的屈膝礼好像很习惯，他礼貌地把手杖挂在臂弯里，摘下头上的礼帽，弯腰颔首对林巧稚回礼。这是典型的绅士表现，在鼓浪屿，有身份有教养的成年男人，出门都要戴礼帽拿手杖。手杖在本地话里叫"洞隔"，它并不是走路有困难的人才需要依靠的工具，而是一种身份的象征。

父女行完礼，爸爸拥着林巧稚进屋，秋姨送来毛巾和茶水，她瞄林巧稚一眼，说："学番仔样呢！"

爸爸纠正道："这是文明，女孩子要有淑女样，要端庄大方。"

秋姨没趣地走开，她觉得主人是在说她，平时林良英总嫌她说话大声。她觉得有钱人就是爱摆谱，穷讲究，说话不大声点，有气无力的，听都听不清楚，有什么好？喝个下午茶吧，杯子装茶不就可以了？茶杯非得再托个碟，那个碟完全是多余的，端起来更不方便，秋姨就因此打破过茶杯。但是，有什么办法呢？谁叫人家是住东头的。

当时的鼓浪屿，以浪荡山为界，分为东区和西区。住东区的是有钱人，这里地势高，视野开阔，景色宜人，阳光、空气、湿度都适合人住。所谓鼓浪屿是富人的天堂，指的是东区，西区并不是天堂，那里住的是为富人服务的穷人。西区除了平房茅屋，就没有一座富人家的别墅。秋姨家就在西区。

秋姨走开后，爸爸问林巧稚："来，说说你今天上学学到了什么。"

林巧稚本来要问爸爸什么是贪婪、仇恨、嫉妒，但秋姨一打岔，又被爸爸说的"文明"一词吸引住了，脱口说："嬷嬷教我们文明呢！"惹得爸爸笑了。

"嬷嬷说了，女孩子初次见面或见到大人长辈要行屈膝礼；上课想说话要举手；老师问话时要站起来；放学时要跟嬷嬷告辞，接受嬷嬷的祝福；走路脚要抬高，轻轻放下，不能发出噼啪声……"

爸爸问："你学会了吗？"

"嗯。"林巧稚脸一红，其实她还没学会，但她不愿意承认，她一定要学会。

爸爸知道她好强，不肯认输，就说："慢慢来，你才第一天上学，以后蒙学堂教的东西可多了，你要好好学。"

林巧稚想到老师说的，蒙学堂除了教语言、国文、常识、计算、唱歌、绘画，还会教大家玩游戏、做手工，教女孩子学做人。她问："什么是学做人？我们不是人吗？"

爸爸觉得这是个复杂的问题，他想了想说："我们是人，但做个什么样的人是要学的。学做人有大有小，你刚才说的，见人要行礼、说话要举手、放学要告辞、走路要有形，这都是从小要学的。还有很多很多，比如要学知识和技能，要学对人谦让、做事认真，做一个对社会有用的人，这是一辈子都要学的。"

"那我要在蒙学堂学一辈子吗？"

爸爸笑了："蒙学堂是幼稚园，以后你还要上初小、高小，如果你学得好，还要上大学。"

"大学？"她想象不出大学是什么样子的，但她就是想学，就说："我要上大学！"

她想到安嬷嬷说的一个词，就大叫道："对，安嬷嬷叫我们做一个公民！"她突然发现自己说话太大声了，急忙捂住自己的嘴巴，又小声说："安嬷嬷说，我们要做一个好公民。"

爸爸吃惊地看着小女儿，没想到蒙学堂竟然教这么小的孩子公民意识，当时的百姓，还是大清皇帝的臣民，大部分人是没有公民意识的。他一方面为女儿高兴，一方面为女儿担心，如果她接受这样的教育，以后能像大部分女孩子那样生活吗？会不会成为异类？这可能是危险的路。

但他想到自己的太太和两个已经出嫁的女儿，觉得小女儿不能再走她们的老路了。他下决心让林巧稚接受现代教育，就对女儿说："记得爸爸教你的天堂儿歌吗？"

"记得！"林巧稚随口就念，"天堂在天上，人人看得见。想要怎么去，问问你自己。"

"对了，"爸爸说，"读书也一样，读书就跟上天堂一样，要靠自己。"

林巧稚眼睛睁得大大的，她只觉得前方就有一个天堂在等着自己，她心中充满了向往和力量。她对爸爸轻声说："我会的。"然后又郑重地行了一个屈膝礼。

第九章　长嫂如母

大哥听了林巧稚上学的情况后,也很兴奋。他让未婚妻赶紧做两条裙子给妹妹穿,这样行屈膝礼时就更好看了。

准大嫂手很巧,很快就做来两件英式的紧身收腰宽摆花布裙,过后又做了两套中式的白褂衣、黑阔裙,外加一双漆皮鞋。林巧稚不管穿英式、中式衣裙,都像端庄的淑女。她也更注重自己的言行举止。上了蒙学堂以后,她整个人就跟在家放养时大不一样了。

但是,林巧稚放学回到家里还是感到孤单,家里没有一个年龄跟她相仿的人来跟她交谈,也没有一个年长的女性来关心爱护她,爸爸和大哥虽然都爱她,但他们要为养家糊口奔忙,没耐心也没时间陪她。二哥是中学生,有自己的学业和朋友,也不耐烦陪她。女佣秋姨只忙着干自己的活,她说她家有一窝孩子连饭都吃不饱,哪像林巧稚那么好命,吃穿不用愁,还要有人陪说话,她可没空，有空也要照顾自己的孩子。到了晚上睡觉的时候，林巧稚自己睡一个房间，有时半夜醒来会感到害怕和伤心，但她不敢说，只能自己悄悄流泪。

她听邻居说，爸爸可能会续弦，就是给她找一个后妈。人家说，后妈对前妻的孩子都不好，要她小心一点。

大哥看出她心事重重的，就问她遇到什么不开心的事了。

她吞吞吐吐地问："爸爸会再结婚吗？"

大哥很惊讶，小孩子怎么会问这种事。而且父亲真有续弦的意愿，这也让他很为难，自己谈好的亲事，因母亲生病亡故而被耽误了。现在父亲要续弦，那谁先呢？他正为这事烦恼，没想到妹妹却先提出来了。他问："你怎么知道的？"

林巧稚却不说怎么知道的，只是咬着唇说："我要阿嫂，不要后妈。"

真是说到了大哥的心坎上了，他抱住妹妹说："好，咱就要阿嫂。"

按闽南的风俗，家里有人去世，一年内不能办喜事。大哥就是在等母亲的丧事满周年，满周年后他就要把未婚妻娶进来。妹妹的心事坚定了他的决心。

其实，父亲也有意成全儿子，毕竟现在是大儿子在操持这个家，年轻人也应该早日成家立业。至于自己续弦，只不过想找个老伴而已，他知道，将来儿女都会独立生活，自己也不想拖累他们，找个伴可以自己过。

这样就解除了大哥的顾虑，在母亲去世一年后，大哥举办了婚礼，把未婚妻娶回家。

大嫂也是鼓浪屿一户殷实人家的女儿，从小知书达礼，与大哥的关系半是媒妁之言半是自由恋爱。他们都信基督教，每个礼拜日的活动都会在教堂里打个照面，有意无意地，他们都坐到男女教徒座位的分界处，这样就可以在听布道的时候，不时偷偷看对方一眼。很巧的是，他们往往都是同时在看对方，两人不觉一笑，心里便明白了对方的情意。如果大哥带林巧稚去礼拜，大哥就把家里摘的栀子花编成花环，让林巧稚送给对方。大嫂呢，好像早有准备，接过花环的时候，顺手把自己做的小点心放到林巧稚口袋里，让她做完祷告再吃。

所以，大嫂还没过门，跟林巧稚就有很亲密的关系。林巧稚打心眼里喜欢大嫂，因为大哥喜欢的，自己就喜欢。大哥顺理成章请人到女方家提亲，两人的婚事就定下来了。只因母亲病重，大哥无暇顾及自己的婚事。母亲去世后，闽南的习俗是一年内不得办喜事，又等了一年。这期间，大嫂不时到家来帮忙，深得家人的喜爱和尊重。

大哥的婚礼办得简朴而庄重。在教堂里由阿公牧师主持，男女双方的二十几个亲友参加。林巧稚和大嫂家的侄儿来当花童。她站在离大哥大嫂很近的地方，听到阿公牧师对所有的人说：

第九章 长嫂如母

"今天，我们为林振明先生和陈明月女士举行婚礼。"然后对大哥和大嫂说："婚姻是人生中的一件大事，不可轻忽草率，理当恭敬虔诚。"

大哥和大嫂都神情庄严，大哥穿黑色西装，大嫂穿白色婚纱，它们象征神圣和纯洁。

阿公牧师拿出《圣经》，让大哥和大嫂手按在《圣经》上。先问大哥："新郎林振明，你愿意与陈明月结为夫妇，与她共同度日，无论她有病无病，你肯尊重她、爱惜她、安慰她、保护她，与她相守终生不离开她吗？"

大哥沉沉地说："我愿意！"声音在空旷的教堂里回荡，传入每个人的心中。

阿公牧师也同样问了大嫂，大嫂哽咽着说："我愿意！"她的眼里含着泪，林巧稚不觉得也跟着红了眼。

接着大哥一手按着《圣经》，一手握住大嫂的手，对大嫂宣誓："我与你结婚，以你为我的妻子，从今以后，我要与你同甘共苦，爱你、尊重你、永远对你忠心。"

大嫂也对大哥做了同样的承诺。

然后阿公牧师让他们跟着他宣誓："你往哪里去，我也往哪里去。你在哪里住宿，我也在哪里住宿。你的国就是我的国，你的神就是我的神。"

念完，大哥和大嫂互相给对方戴上戒指。林巧稚看到大嫂手腕上露出一对碧绿的玉镯，她觉得大嫂像玉镯一样美丽。

阿公牧师说："上帝啊，愿这对戒指成为林振明和陈明月终身相爱、永结同心的信物吧！"

新婚刚过，大嫂就忙起了家务。爸爸因为身体不好，辞掉了两家中学的教职，只剩寻源中学一家，收入大大减少，主要靠大哥一个人。因为经济紧张，大嫂到家后，秋姨就被辞退了，大嫂在家实际上像女佣一样干活，而她肚子里已经有了孩子。

大哥很心疼她，说："不然把秋姨请回来吧，你不能太累了。"

大嫂听着楼上爸爸的咳嗽声说："不行了，爸爸看病要花钱，家里马上又要添人口了，不攒点钱怎么行啊？"

大哥说："我再辛苦多找点事做。"

大嫂刚要说："你也不能太累啊！"林巧稚却不知从哪里冲出，抱住大哥喊："我不要阿兄辛苦！"

大哥和大嫂对视一下，心里感到既温暖又难过。大嫂说："你看，连咪仔都心疼你哪。"

大哥揽过林巧稚说："好啦，阿兄不辛苦，你们好好的我就很高兴了。"

大嫂也说："你好好读书，长大有出息。不要像阿嫂这样只会嫁人。"

说得大哥愧疚起来，说："对不起啦，嫁给我，让你受苦了！"

"没有没有，"大嫂知道自己说漏嘴了，赶紧说，"我是希望阿咪过比我们好的日子。"

林巧稚已经在蒙学堂里学到了很多做人的道理——人要勤奋努力，为他人着想，家人要相亲相爱……她严肃地说："我会的，我有出息也要让阿兄阿嫂过上好日子！"

这话让大哥大嫂很欣慰，大嫂说："好啊，只要你努力，我们一定支持你！"

大哥更是高兴，如果妻子不支持，他对妹妹的培养也会受影响的。他从心底里感激太太，就对林巧稚说："你要谢谢阿嫂！"

林巧稚像搂住妈妈一样搂住阿嫂的脖子说："谢谢阿嫂！"

阿嫂的眼泪又流了出来。

第十章　日光岩下的小鹭鸶

家里有了大嫂以后，林巧稚像换了个人，每天高高兴兴的。她像跟屁虫一样，在家都围着大嫂转，嘴里不时叫着"阿嫂，阿嫂"，好像怕阿嫂不见了。她知道大嫂一人操持家务很辛苦，就主动帮忙。每天早上早早就起床，开始浇花扫地，院子里响着她清脆的歌声。一家人都被她的欢乐感染了，父亲受她影响，脸上有了笑容，话也多了，身体和精神都好起来。他称林巧稚为"快乐的小鹭鸶"。

林巧稚还在蒙学堂上学，她现在会唱很多的歌，除了唱诗班的圣歌，她最爱唱的是英格兰民歌《可爱的家》：

纵然游遍美丽的宫殿，
享尽富贵荣华，
但是，无论我在哪里，

都怀念我的家。

……

她总是反反复复唱着这几句，其他的词她也记不住了。这首歌非常符合林巧稚现在的心情，上学的时候，走在鼓浪屿弯弯曲曲的小巷子里，不管走到哪里，抬头总能看到日光岩巍峨的巨石，好像它时刻围着她转，时刻在关注着她。被海风吹得一尘不染的石板路，使人感到随便在哪里都可以席地而坐。路边有柔若无骨的相思树、火红的凤凰花，早上八九点钟的晨风里，传来小孩子的笑声和阿嬷的絮语。一些老阿嬷坐在自家小院门前的台阶上，一边看着小孙子，一边与隔着几步远的邻家阿嬷拉家常。只言片语和阵阵花香，金箔样漏过树梢的阳光，是鼓浪屿的闲适与温情啊！美好的感觉像一汪清泉泗湿了她小小的心田，使她不禁又要唱起歌来。

她经常对着熟悉的大树和岩石，骄傲地说："我有阿嫂了！"

林巧稚周一到周六都要上学，早上9点到11点半，下午2点到4点半。上学期间，她都穿得整整齐齐，高高兴兴地自己去自己回。路上碰到认识的长辈、邻居，都要行屈膝礼，说声"阿公好！""阿嬷好！""阿伯好！""阿叔好！""姨母好！""阿兄好！""阿姐好！"连来收垃圾粪便的老农，她也叫"阿伯好！""阿公好！"其他小孩子都是捂着鼻子跑得远远的。晃岩路上的邻居都说小八卦楼家的小女孩真是伶俐。家里人也都因她感到脸上有光。

◆ 晃岩路

林巧稚却说:"我们蒙学堂的女孩子都这样的。"因为蒙学堂教女孩子学做人。

蒙学堂的教学是以玩为主,老师让她们在做游戏时学各种常识和礼仪。孩子们开心地玩游戏,不知不觉间把很多知识记在了心里。

比如玩"火车过山洞"的游戏时，两个孩子面对面双手对接拱成"山洞"，其他孩子排成队，双手搭在前一个小朋友的肩上，串成一列"火车"，大家唱着"开起火车过山洞，过山洞，过山洞。开起火车过山洞，呜——轰隆隆！"的歌，逐个从"洞"中穿过。当唱到"轰隆隆！"最后一个"隆"字时，"山洞"突然扣下来，套住谁，谁受罚。谁都不愿意受罚，所以越唱到后面"火车"转得越快：孩子们都想躲过"山洞"扣下来的瞬间。

大家没见过火车，但通过玩游戏，知道了火车是一种烧煤的动力机车，像长虫一样，一节一节的，要在专用的铁轨上走，可以载人也可以载货。火车鸣笛是"呜——呜——"的声音，开起来"轰隆隆"地响。火车可以穿山洞，过大河，载着人们走向四方。做着游戏，小朋友们产生了梦想，梦想着有朝一日，坐着火车遨游世界，而不是一辈子待在鼓浪屿上。

还有"老鹰抓小鸡""老公公拔萝卜""跳房子""建城堡""套圈圈""丢手绢"等游戏，这些游戏让孩子们懂得动物的特性，"团结力量大"的含义，以及房子的结构，力学原理，分析判断，等等。

林巧稚最喜欢的是手工课。老师让她们用纸折飞机、轮船、帽子，用剪刀剪五角星、大饼、彩条，用树叶折漏斗和拼图，用泥巴捏蛋糕、水果、小人、小动物等。学生们还要学会自己系鞋带，用针线缝纽扣，用毛线织袜子、手套。林巧稚甚至为刚出生的侄儿织了一双袜子和一副手套，稍长后还给父亲织了围巾和帽子。蒙学堂打下的手工基础和爱好，助力她成为妇产科医生后，做手术缝合时灵活娴熟、得心应手。她成为著名妇产科专家后，仍保留着编织、缝制的爱好，经常制作精美的小物件送给学生和亲友，以保持自己手指的灵活性。

开放式的教学也是蒙学堂的一个特点，老师经常把全班同学都带到外面去散步。因为鼓浪屿是个岛，岛上风景如画，又没有车辆，孩子们在鼓浪屿行走是自由和安全的。大街小巷里、公园海滩上、树荫下、花丛中，孩子们在老师的带领下，三五成群地漫游，对自己感兴趣的东西都可以随意观察追逐，不懂的可以得到老师的指导。比如花草树木、昆虫飞鸟、银行、邮局、医院、学校，老师都会告诉孩子们，它们是怎么来的，有什么特点，有什么用途，孩子们在现实中有了切身的体验。而到了海边，孩子们捡贝壳、戏浪、堆沙、奔跑，更是尽情欢乐，孩子们的好奇心和想象力得到了极大的满足。这种春夏秋冬不同季节都让孩子们到大自然中观察感受、体验社会生活的活动，使孩子们幼小的心灵充满了诗情画意和对美好的向往，又从小培养了感恩和慈悲的情怀。

引导孩子树立"尊重劳动、懂得感恩"的理念是蒙学堂教孩子们学"做人"的重要内容。

上午课间休息的时候,老师会给小朋友分点心吃。点心是蒙学堂的老师自己做的,为了给孩子们补充营养,大部分点心是豆浆或花生浆,有时还有一小块饼干。分点心的时候,小朋友面前的小桌子放着一个豆浆杯,小朋友需事先洗干净小手,掌心向上,放在端坐的双膝上。老师当着小朋友的面把热腾腾、香喷喷的豆浆舀进豆浆杯里,如果有小饼干,同时放到小朋友的手心。这时,不管豆浆和饼干如何诱人,小朋友都不能马上吃,而是要坚持到老师都分好了,大家齐诵童谣:"豆浆香,营养多。小朋友,快来喝。喝了豆浆身体好,谢谢老师、阿姨的辛劳。"

诵毕,还不能吃,还得再齐声说:"老师请喝豆浆。"

待老师答道:"小朋友请!"

大家才端起杯子喝起来。

日复一日,年复一年,这"喝豆浆礼"和"诵《豆浆歌》",把保健常识、尊重劳动、懂得感恩潜移默化地教给了学生。受过蒙学堂教育的小朋友,在餐桌上很少争抢着吃。

林巧稚在家吃饭,都会先把手洗干净,帮阿嫂把饭盛好,筷子汤匙摆好,然后静静地坐在饭桌旁,等待大人入座,爸爸拿起筷子,她才会动手。有时,爸爸和大哥忙,不能准时吃饭,让她先吃,她都宁可饿着,她说:"爸爸和阿兄辛苦,他们要先吃。"

她还模仿《豆浆歌》，自己编了《吃饭歌》："饭菜香，饭菜热，阿嫂真会做！爸爸阿兄最辛苦，我们要等候！"

阿嫂听得高兴，说："咪仔嘴巴甜，一首儿歌把我们都夸个够！"

林巧稚咯咯笑说："要再加一句——吃了饭菜身体好，谢谢阿嫂夸个够！"

大家都笑起来，连爸爸和大哥都说林巧稚脑子反应快，这个学上得好。

蒙学堂培养了林巧稚大方、开朗的性格，还有人人平等的意识，对于洋人，她既不害怕，也不鄙视。

在鼓浪屿的晃岩路口上，有个"番仔球埔"，是英国人建的足球场。英国军队驻扎在鼓浪屿后，就把英国人的生活习惯和爱好在岛上传播开来。经常有洋人在修剪得像地毯似的"番仔球埔"的草地上踢球，还邀请香港、上海的球队来比赛，让岛上的居民很是新鲜了一阵。

这个球场位于两条路的交叉处，只有一人来高的钢筋围栏，里外的人互相看得清清楚楚。有人踢球时，足球常常从球场的围栏飞出去，落到路上。早些时候，行人见球飞来就躲开，大家不愿意跟洋人啰唆，有的嫌洋人身上有股膻味，有的嫌语言不通，比比画画费力气。鼓浪屿的居民与洋人基本上是井水不犯河水，各管各的。像踢足球这样的事，大家也都当没看见。洋人嫌捡球麻烦，常请行人帮他们把球踢回来。后来就有些小孩子守在球场外，专等球来了踢回去。这是指男孩子，女孩子则如嫌麻烦的行人一样，见了球就躲。

有一次，林巧稚路过"番仔球埔"，正好碰到里面的足球飞出来，她不但不躲，还把球给踢出去，但她不是把球踢回球场，而是踢向更远的地方。大概为了把球踢远一点，她踢得太使劲了，把红皮鞋也给踢飞了，引来一阵哄笑。洋人也笑，还吹着口哨叫喊着："Great！"那只皮鞋飞起的红线，在其他孩子的眼里，成了一道美丽的弧，大家多希望自己也能像她那样踢一回啊！

一转眼，林巧稚已经上了三年蒙学堂，马上要毕业了。爸爸说："快乐的小鹭鸶要飞到更远更高的地方了！"他和大儿子振明已经决定让林巧稚蒙学堂毕业后继续读高等女学。

而蒙学堂的学生，有的毕业后就要回家帮忙做家务了，有的要去亲戚家当小保姆帮忙带小孩，有的要到亲友开的店里当跑堂。只有林巧稚和妮娜少数几个能够继续上学。安嬷嬷也很难过，她希望女孩子们不管将来怎样，都不要放弃学习，不要放弃对生活的热爱和信心，要做一个有用的人。林巧稚把安嬷嬷的话牢牢地记在心里，也感谢爸爸和大哥能够让自己继续上学。

◆ 鼓浪屿上的人民体育场——原"番仔球埔"

注："番仔球埔",即洋人球埔(洋人球场),最初为鸦片战争期间英军开辟的军用操场。19世纪中后期逐渐被发展为驻岛外国人体育活动的场所,原作为草地网球、草地板球、羽毛球等运动的场地,后来随着美、英各国水兵的到访,又增设了"足球""棒球""橄榄球"等团体竞技项目。1903年"鼓浪屿公共地界"管理机构成立,美国领事馆将球场交由工部局代为管理。

第十章 日光岩下的小鹭鸶

第十一章　高等女学

高等女学就在林巧稚家对面,它的后院院墙就是晃岩路上对着林巧稚家的街壁,但它的大门开在另一条路上,林巧稚往日光岩方向走一段,拐个弯就能看到它的大门。

鼓浪屿高等女学是一所英国人办的女子师范学校,其实就是一座两层的楼房,楼上楼下十几间房,有教室、活动室、琴室、画室等,大露台可以看海,花园可以做游戏。教学内容包括英语、物理、化学、代数、几何、绘画、体育、音乐等,英语、体育和音乐是教学重点,《圣经》是必读之物。

高等女学是全日制学校,从小学到师范毕业,学制十年。毕业出来的学生相当于现在的高中毕业生或中专师范生。学生一般在50人以内,她们大部分是鼓浪屿的女孩子,有的来自对岸的厦门,少数来自漳州、泉州、金门等相邻地区。住在鼓浪屿的学生放学可以回家,外地来的学生寄宿在学校里,有专门的生活管

◆ 厦门女子师范学校旧址（即本书所指的高等女学）

理员照顾她们。

老师大部分是教会派来的洋人，少数招聘中国老师，比如为兼顾中国学生掌握传统文化，学校特地聘请了一位才华横溢的文人来担任国学老师，他叫贺仲禹。林巧稚的国文基础多数来自贺仲禹。洋人老师多为基督教徒，自然科学和英语等科目主要由外籍老师担任。

鼓浪屿高等女学是公益性的教育机构，课本是学校赠送的，学生自己备些纸笔等用品就可以上学了，少数买不起文具的，学校也会赠送。几十个女孩子就在这座楼里快乐地跑上跑下。

林巧稚与妮娜一起来到高等女学。她们的初小班设在楼下，有些课程和活动各年级的学生可以统筹合开。妮娜的姐姐也在高等女学，已经上到四年级了，她很看不起刚上一年级的妹妹，上学都不跟她一起走。

林巧稚跟妮娜一起上了三年蒙学堂，成了好朋友。她们约好一起上高等女学，本来妮娜想上福音女校，她的二姐在那个学校。但林巧稚想上高等女学，因为这个学校离她家近，她有时在自家的花园里，能看到高等女学楼上老师和学生的身影，其中一个金发女老师的笑脸像磁石一样吸引她。

林巧稚想继续上学，是出于对知识的渴望，她觉得有那么多的学问等着自己去了解，而且爸爸和大哥也希望自己好好学习，成为一个有出息的人。可妮娜对学问不感兴趣，她说她上学是因为不想待在家里。

"为什么？你家那么漂亮！"林巧稚叫起来，她去过妮娜的家，妮娜家比她家大多了，是个方形的洋楼，绕着回廊跑一圈，都要数到400。花园里有大树、假山、鱼池，是玩捉迷藏的好地方。妮娜家的男佣、女佣也多到认不清，妮娜她们在家都是被人侍候的，不用干活。可妮娜却不愿意待在家里！

妮娜不耐烦地说："你不知道啦！"

"那你告诉我嘛！"林巧稚对搞不清楚的事情，总要问个明白,她就想知道为什么。她甚至想过,如果自己的家也那么大,她也要办个女校,专门教学生缝纫。

妮娜也说不出为什么,她被林巧稚逼急了,只好说:"Linda,我就想跟你在一起!"

弄得林巧稚也很感动,她与妮娜拉着勾,两人约定:一起上完高等女学!永远是好朋友!然后林巧稚就忘了问妮娜为什么不愿意待在家里了。

直到后来目睹妮娜母亲去世,她才明白了原因。

每当早晨八点左右,妮娜来到林巧稚家门口喊:"Linda!"林巧稚就跑出来,两人手拉着手来到高等女学。

这时,太阳刚刚蒸起海面的水汽,屋舍、岩石沐浴在雾霭里,相思树开始互相拉拉扯扯,高等女学心形的窗户里,就传出了整齐划一的诵读声:"环滁皆山也。其西南诸峰,林壑尤美,望之蔚然而深秀者,琅琊也。……然而禽鸟知山林之乐,而不知人之乐;人知从太守游而乐,而不知太守之乐其乐也。醉能同其乐,醒能述以文者,太守也。太守谓谁?庐陵欧阳修也。"或者是:"……江畔何人初见月?江月何年初照人?人生代代无穷已,江月年年望相似……"这是贺仲禹要求新入学的学生每天背诵的诗文。

清脆悦耳的女音在街巷里萦绕,让人听了感到由衷的喜悦。与教堂里唱诗班的圣歌相比,充满古韵的诗文,更让人心旷神怡。

听到学生们大声朗读,贺仲禹对自己的工作就非常满意,他会用不伦不类的英语对学生喊道:"Very 贴!"学生就哄堂大笑。"贴"是晋江话"好"的意思,"很好"叫"牙贴"。在英语环境里,贺老先生说话难免有"走偏"的时候。但他的专利"Very 贴"连外籍老师也喜欢拿来用,学生更是到处"贴"了。

贺仲禹教得高兴时,常常会情不自禁地摇头晃脑起来。"子曰:'学而时习之,不亦说乎?有朋自远方来,不亦乐乎?人不知而不愠,不亦君子乎?'"有时吟得太投入,竟进入休眠状态。等他睁开迷糊的双眼,他的长辫子会被绑上一只"蝴蝶""蜻蜓"或一朵小雏菊、三角梅等,一群女孩子咬着嘴唇在他面前偷笑,为首的就是那个叫 Linda 的"螺头"。

林巧稚是个喜欢钻牛角尖的孩子,常常在一些人们看来无关紧要的事情上陷于疑虑而不能自拔。比如父亲跟她说宇宙是天地间最大的,包容了一切。当她问清了宇宙不管什么都包进去后,就一直想知道宇宙有没有邻居。如果没有,谁来证明它是宇宙?如果有,它怎么没把邻居也包进去?翻来覆去,如此矛盾对立,想得太难受时,她竟肚子发胀,脸色煞白,虚汗都出来了。

她的老师玛格丽特小姐和蔼地开导她:"亲爱的,不要多想,我们的一切都是上帝创造的,宇宙也是上帝创造的。"

"那上帝的爸爸是谁?"林巧稚迫不及待地问。

玛格丽特吓得赶紧搂住她，喃喃道："上帝啊，饶恕这可怜的孩子吧。"

事情自然不了了之。不过，玛格丽特还是赞赏地说，Linda长大后可以当科学家，因为她有钻研精神。但是，这种精神在她们的国学老师贺仲禹看来，就是十足的"螺头"了，不足以称道。

贺仲禹觉得自己一介书生被小女孩捉弄，师道尊严威风扫地，如何了得？正要发作，那小冤家"螺头"就会跨一步上前，轻轻问道："先生醒了？"双手恭恭敬敬奉上他掉在地上的旱烟袋，替他把捻纸吹燃。或是，他吟哦得咳嗽不止的时候，她会关切地问："先生可要吃茶？"不等他点头，她就飞快地跑回家，端来一壶茶。她家离高等女学只隔了一道小巷，以她灵巧的身手，不到三分钟就可把茶水一滴不洒地端过来。这样的话，贺仲禹就是要发作也找不到出口，何况谁不喜欢这鬼灵精怪的"小螺头"呢？那些蝴蝶、蜻蜓就是她用竹叶、青草编成的，惟妙惟肖，可爱至极。一旦小把戏被发现了，她就真心实意地说："我想把它送给你，你愿意接受吗？"在闽南话里，没有"您"和"你"之分，否则，她一定是用"您"的。这等乖巧，岂有不受之理？无怪乎玛格丽特小姐对她欣赏备至，说她心灵手巧，将来是做医生的好材料。

可怜贺先生，既钟情于高等女学的薪金和优厚的生活条件，又放不下对老祖宗的崇敬与热爱,怀着矛盾的心情,留着个长辫子来到鼓浪屿。在满街夷人的地方,在一群敞着大脚、无拘无束的女孩子中间,不得不接纳这个捣蛋鬼。他唯一能坚持立场和尊严的方式,是高高扬起瘦削的下巴,踱着八字步走路。对不成体统的洋人生活,评论为"是可忍,孰不可忍",这样他自我感觉会好一点。

◆ 在厦门读书时的林巧稚(中)

第十二章　恩师玛格丽特

林巧稚在自家花园里见到的金发女老师的笑脸，属于英国人玛格丽特。

玛格丽特出生于英格兰一个基督教家庭，受过现代教育，学过社会学和护理学。她本来已经与青梅竹马的男孩汤姆订立了婚约，只等汤姆服完兵役就举行婚礼。一切顺利的话，她将在英格兰的故乡过上一个普通英国女子的日常生活。地球东方的一个叫鼓浪屿的小岛，和小岛上一个叫林巧稚的小姑娘，都跟她没有什么关系了。

然而，她的未婚夫汤姆却在一次与德军的意外冲突中阵亡，她宁静且幸福的生活被打破了！玛格丽特失去了亲爱的人，她对战争、对政治、对掠夺产生了极大的反感。她立志终身不婚，永远怀念她的爱人，并献身于基督，把爱送给受苦的人们。她通过英国长老会于1898年万里迢迢来到了鼓浪屿，从事福音事业，并爱上了这个地方和这里的人。

她先后在田尾女学和红毛女学任教，后又到高等女学任教。任教之余，她还到救世医院做救助工作和护理教学。她已经在鼓浪屿生活和服务了11个年头，被当地人称为"马姑娘"。

她像安嬷嬷一样，对中国女孩有许多的悲悯，希望通过自己的教育和帮助，让她们学会一技之长，从而改变命运，获得公平和尊重。只可惜，很多中国女孩并不想改变命运，她们接受了中国的传统思想，认为女人的命运就是这样的，她们到学校来学习知识和技能，也是为了更好地当女人，以取悦将来的夫家。有的女孩高等女学还没毕业，就被迫退学嫁人了。这让玛格丽特深感失望和悲伤，这些女孩和她们的家长把嫁人当成了人生最重要的事情。这对于决定独身的玛格丽特，有时甚至是心理创伤。

但是，最近新来的 Linda 小姑娘却让她感到与众不同，她不像其他女孩一样循规蹈矩、处处表现得胆怯和被动，她的脸上总是挂着笑容，眼睛睁得大大的，对什么事都充满好奇和求知的精神，似乎这个世界有什么东西在吸引着她，召唤着她。这样，生活于她就有一种追求，而不仅仅是嫁人。玛格丽特感到欣喜和兴奋，她决定好好关心和培养这个女孩。

给她印象最深的是开学的第一天，老师让新生们合唱圣歌。玛格丽特就听到一个高亢清亮的声音不时跳出和声。循声望去，看到一个大额头、深眼窝、高鼻梁的女孩正尽情地唱着圣歌，她唱得那么认真，那么投入，以至于忽略了别人的节奏。

玛格丽特过去轻轻点一下她的肩膀，让她注意与别人合拍。她愣了一下，做个鬼脸，又继续大声唱。换了别的女孩，可能立即就吓得不敢吭声了。玛格丽特因此判断这孩子有开朗的性格，良好的心理素质，是一个能做大事的人。

放学后，她把林巧稚留下来。了解了她家的情况，对她小小年纪就失去母亲感到难过，又为她没有母亲还能这么活泼开朗感到高兴。她知道林巧稚来自一个有爱的家庭，她对林巧稚说："感谢上帝！虽然病魔夺走了你的母亲，上帝却给你送来了仁慈的大嫂。你是一个有福的孩子，你要感谢上帝的恩宠。"

林巧稚点点头，她说自己不仅是个有福的人，而且是个命大的女孩。她跟玛格丽特说了，自己出生时差点被妈妈扔了。

玛格丽特惊叫起来，她无法想象亲生母亲会不要自己的孩子，那可是个活生生的孩子！她对林巧稚说："这是上帝的旨意，你要珍惜自己的生命。"

林巧稚隐约觉得父亲和大哥也说过这样的话，自己也承诺，要努力学习，做一个有出息的人，让爸爸、阿兄、阿嫂过上好日子。可她不知道怎样才能有出息，就问："老师，读书能有出息吗？"

玛格丽特没想到她会问这样的问题，女孩子从来不问这样的问题，就反问："你要什么样的出息？"她心里很怕林巧稚说，要嫁个好人家。

林巧稚说:"阿嫂说,好好读书,不要像阿嫂那样只会嫁人。"

玛格丽特听得心花怒放,她高兴地说:"你阿嫂说得对,你先把书读好,有了学问,将来做什么都会有出息。"

林巧稚乖巧地说:"好的,我会的。"

玛格丽特好像许愿一样说:"以后你就把高等女学当自己的家,好好学习,有什么问题随时过来找我。我会一直陪伴着你,高等女学会成为你成长的摇篮。"

林巧稚很高兴,这位她早就喜欢的金发老师,现在就在自己眼前,她温暖轻柔的手正抚摸着自己的双肩,眼里是那样的爱怜和赞许。她还会一直陪伴着自己!林巧稚觉得自己真是个有福的人。

高等女学跟蒙学堂比,上课学习的内容多了,做游戏和手工的时间少了。但林巧稚的手工在高等女学里却是出了名,她捉弄贺仲禹时用竹叶、青草编成的蝴蝶、蜻蜓等,真是令人爱不释手,玛格丽特都不忍心批评她。

她说:"Linda 的手这么灵巧,将来是做医生的好材料。"

林巧稚问:"医生的手很灵巧吗?"

玛格丽特说:"外科医生要做手术,做手术的手要很灵巧。"

林巧稚怯怯地问:"我能做医生吗?"

玛格丽特随口说："能啊，怎么不能！"

说者无心，听者有意。林巧稚抿着嘴，不再说话，她想起了自己的妈妈。大人说妈妈得的是妇女病，中医看不好，西医妈妈不让看，说不能让洋男人看。如果自己是医生，就能看妈妈这样的病人了，也许她们就不会死了。

但是，这个问题太复杂了，她还有很多想不明白的东西，但玛格丽特老师说自己是做医生的好材料，好像在她心中点燃了一盏灯，给了她一个努力的方向。当医生！她第一次明确长大后要做什么。

很小的时候，她曾想长大后要当卖冰棍的。因为到了夏天，吃上一根香蕉味的冰棍是孩子们最开心的时刻。那个卖冰棍的红鼻子老人隔一段时间会来一趟，当他摇着铃铛在路口出现时，左邻右舍的孩子们就会一边互相通报着"红鼻子来了"，一边从四面八方围过来。大人们一边呵斥孩子们不可叫老人"红鼻子"，一边过来给孩子们买冰棍吃，有时大人也吃，像过节一样。"红鼻子来了"是孩子们最向往的事。林巧稚心里好生羡慕，曾想过长大要能卖冰棍该多好呀！

后来她看到裁缝店里做旗袍的师父，一块丝绸能做出那么漂亮的旗袍，让那些神气活现的贵太太们都要乖乖地听他的，她又想长大要当裁缝。

她还想过长大要做馅饼师傅。馅饼是鼓浪屿有名的点心，也是厦门人的最爱。每当礼拜日下午,大概是喝下午茶的时间,林巧稚坐在自家花园的藤架下,就会从父亲或大嫂那儿得到一块姜黄色的馅饼。馅饼外面一层薄薄的油酥容易掉渣,大人会把馅饼放在一只小瓷碟里,让她端着碟子吃。父亲每次都要说:"只可吃馅饼,不可把碟子也吃了。"林巧稚就朝父亲嘟起嘴巴和鼻子,知道爸爸在开自己玩笑。大嫂则交代:"吃了饼,要多喝水。饼的火气大呢。"同时递过来一玻璃杯开水。林巧稚吃着馅饼喝着开水,梦想着长大做馅饼师傅。

◆ 林巧稚在高等女学读书时的留影,前排左二站立者为林巧稚,最后一人为玛格丽特老师

现在,这些梦想在玛格丽特老师说的"医生"面前都黯然失色了,她强烈地希望自己长大能当医生。

第十三章　施洗

玛格丽特老师大大地激发了林巧稚的学习热情，她本来就充满求知欲，现在有玛格丽特老师的鼓舞，更是如饥似渴地学习。她感觉知识就像泉眼一样，越掏涌出来越多，越学越爱学。

林巧稚在高等女学的学习成绩突飞猛进，遥遥领先于其他同学。她的英语成绩是最好的，其他如国文、算术、绘画、音乐也都不错，除了学课堂上的东西，玛格丽特还额外给她增加学习内容，为她提供科普读物和儿童文学，跟她讲解西方世界的发展史、社会风情等。

林巧稚经常在放学后，回家吃完饭、洗完澡又返回学校，到玛格丽特的房间听她讲各种知识和见闻。

每当讲到故乡英格兰，玛格丽特的眼里就饱含热泪，她会情不自禁地看一眼放在床头的一张照片，有时甚至把照片拿起来，捂在胸前，好像那个人就是她的故乡。那是一个英俊的小伙子，看起来像玛格丽特的弟弟。

林巧稚问:"他是谁?"

玛格丽特竟然忸怩了一下,说:"他是汤姆。"

"汤姆是谁?"

"啊,汤姆是我的生命,我的至爱。"玛格丽特闭上眼睛,喃喃自语。

林巧稚听妮娜说过,玛格丽特小姐为一个死去的男人终身不婚。妮娜是听她姐姐说的,高等女学的学生似乎都把玛格丽特小姐的私生活当必修课,私底下都在传。现在林巧稚证实了这个传闻,她感到又佩服又害怕,好像汤姆就在老师的房间里,弄得她进玛格丽特的房间就怕怕的。

玛格丽特告诉她,亲爱的汤姆是个勇敢的男人,但他成了政治的牺牲品,玛格丽特对政治深恶痛绝,她认为政治是以吃人来强壮自己的。她对一脸懵懂的小姑娘说:"亲爱的Linda,政治是美人蛇,你喜欢它,就会被它咬了。你要专心读书,学会一技之长,长大以后永远不要参与政治。"

林巧稚根本不懂什么是政治,她以为政治只是个游戏,老师叫她不要参与她就不参与好了。但老师的话语和模样刻在她的脑海里,长大后她成为北京协和医院著名的妇产科专家,北平(北京)临解放时,国民党和共产党都在争取她。这时,她已经知道了什么是政治,她仿佛回到童年,玛格丽特老师的话犹在耳边,她坚决不参与政治，谁来拉拢她都拒之门外。直到她被共产党感动，才打开了心灵的窗户，投身于为人民服务的事业。

玛格丽特老师叫林巧稚要远离政治，却要她信奉上帝。她甚至把林巧稚出生时的奇遇归结为上帝的保佑，要林巧稚相信上帝的存在，要敬畏和爱上帝。

每次她们到港仔后沙滩上散步，她都会重复这个话题。看着碧蓝的海面，海浪轻轻地摇，白色的鹭鸶从海面上掠过，"嘎——"的一声长鸣。远处的日光岩仍像个深思的男人在注视着鼓浪屿。层层叠叠的凤凰木和相思树，把远近的景色点染得多姿多彩。玛格丽特总是说："你看，在这样美好的景色里，你的父亲会突然觉得心里有事，要赶紧回家去。而你就在他到来的时候发出哭声。这难道不是命运的安排吗？"

说得林巧稚渐渐相信自己的生命就是冥冥之中的安排。玛格丽特又说，每一个生命都是大自然的孩子，我们要尊重生命热爱生命，不能因贫富美丑而改变。

一个夏日的傍晚，她们散步后坐在离沙滩不远处的石阶上休息。忽听有人喊："溺水了！溺水了！"紧接着，有个男孩被人从海里抱出来，软塌塌地放到沙滩上，一动也不动。

玛格丽特立即起身跑过去，林巧稚在后面跟着，她看到男孩是住在附近的邻居，应该是游泳时溺水的，他身上只穿一条游泳的短裤。

鼓浪屿的孩子，夏天都会下海游泳，一般由会游泳的人带着，等学会了才自己下海。但有的男孩半会不会的时候，特别爱玩水，往往因对海流不熟悉和水性不好而溺亡。每年都会死几个。这个男孩算幸运的，他被海水卷走后正好有个大人从他旁边游过，就把他捞上来了，但他已经没有知觉了。

当地人都懂得抢救溺水者要把他肚子里和肺里的水挤出来，有人把男孩脸朝下横着放到一个小伙子的背上，让小伙子使劲跳动，以此挤压男孩的肺和肚子。男孩的嘴巴和鼻孔流出来很多的水，但他还是没有气息。

玛格丽特说："让我来！"她把男孩平放到地上，两只手掌放在他的心口处一下一下按着，然后一手捏住男孩的鼻子，吸一口气，自己的嘴巴对着男孩的嘴巴使劲吹气。吹过几次后，又去按压心脏。这样几轮以后，男孩突然发出"哼——"的一声，有气了。

周围的人都欢呼起来："活了！活了！"

玛格丽特把男孩的头歪向一侧，这样他嘴里呕出来的水就不会再被吸进去了。然后她抓住男孩的两只手向两边展开，再收起来再展开。几次以后，男孩的脸色开始好转，最后睁开了眼睛。玛格丽特欣慰地笑了。

这时，得到消息的男孩的母亲号叫着冲过来，从背后一把推开玛格丽特喊："你要干什么？我的心肝啊！"就去抱她儿子。

玛格丽特已经累得不行了，被一推就倒在了沙滩上。林巧稚大喊一声"老师"，赶紧过去把她扶起来。

周围的人都说那个母亲："人家救了你儿子了，你不感谢还打人家。"

那个母亲看到儿子活着，才破涕为笑，难为情地对玛格丽特说："对不住了，谢谢你！你救了我儿子的命！"她突然跪到地上就要对玛格丽特磕头。

玛格丽特赶紧拉住她。

这件事让林巧稚很受震撼。她第一次看到这个场景，她起先很害怕，很想赶紧逃走，但老师却去救他，让他活了过来。她感到老师很了不起，要是自己也能像老师一样救人多好呀！

"你可以的。"玛格丽特说，"只要你努力学习，有爱心，你就能救人。你愿意吗？"

她迫不及待地说："我愿意！"

玛格丽特就眼含热泪说："上帝啊，你收下这个善良的孩子吧，指引她走向光明。"她说皈依基督教要举行洗礼仪式，让林巧稚回去跟爸爸说，爸爸同意了才能举行入教仪式，而她本人愿意当林巧稚的教母。

爸爸当然满口赞成。他们很快联系了福音堂的阿公牧师，约好某个周四的上午为林巧稚施洗。

那天早晨，林巧稚穿着干净整齐的衣服，在爸爸、大哥、大嫂和玛格丽特老师的陪同下来到福音堂。好朋友妮娜也来了,她很高兴林巧稚将成为自己的教友,她本人刚出生不久就被爸爸洗礼过了。她的爸爸王马克是个虔诚的基督教徒,他家的孩子统统洗礼入教。

他们在教堂的入口处迎上了阿公牧师。林巧稚虽然没有正式入教,但平时礼拜日都会到教堂参加礼拜。她少不更事的时候,还曾闹过一个笑话。

有一次,牧师在台上布道,讲得口干舌燥,台下的教徒们却心不在焉,教堂里有点乱。这时,一个清脆的女童声响起:"如果这边的姐妹们说话的声音再不那么大,那边的兄弟们就可睡得更安稳一些了!"学的是牧师的口气,说得语重心长。结果,全场静默,大家都挺直腰杆,尽量咬住嘴唇,不让自己笑出声来,因为做礼拜是不可以哄笑的。他们不好张望看是谁说这话,林巧稚正瞪着大眼睛看牧师,而她的大嫂则使劲地捏住她的手。牧师停下布道,翻着白眼,过了一会儿才点头说:"说得极是。"

现在,她长成少女,神情严肃地站在阿公牧师面前,接受牧师为她所做的施洗仪式。

第十四章　潜移默化

施洗完毕，从教堂里出来时，林巧稚抬头看一眼天空，感到云中的一缕阳光照进了自己的心田，她的内心一片光明。她暗暗告诉自己：我已经跟以前不一样了，我要像老师那样爱每一个人。

她认真地看着玛格丽特，恭恭敬敬地对她行了个屈膝礼。玛格丽特既是自己的老师，又是自己的教母，她要以老师为榜样，做一个圣洁的有爱心的人。

她曾在路上、在教堂里碰到那位被老师救活的男孩，每次心里都会一阵悸动：要不是有老师，他会在这里吗？

老师那天的动作让林巧稚大开眼界，特别是老师嘴对着男孩的嘴吹气，她对此几乎是惊惧。老师是个端庄的人，平时行为十分严谨甚至刻板，这种动作是不会有的。

老师笑说，那是急救措施，是医学知识。她在英国学过护理学，急救常识是必须会的。那天那个男孩的心跳呼吸都停止了，如果不在5分钟内恢复,他可能就死了,或者会成为植物人。

"什么是植物人?"林巧稚又被这个新名词吸引住了,急忙问。

玛格丽特又笑起来:"你呀,什么都想知道。"她告诉林巧稚,植物人就是肌体还活着,但大脑已经死了,跟植物差不多。

"为什么肌体还活着,大脑却死了?"林巧稚打破砂锅问到底。

玛格丽特耐心地说:"因为大脑细胞比其他细胞更敏感,缺氧的时间一长它就先死了,其他细胞可能还能坚持。如果这个时候施救,其他细胞还能活过来,大脑细胞却不行了。"

"哦,明白了。"林巧稚为打断老师的话不好意思,赶紧说,"那,您再说说怎么急救?"

玛格丽特说,急救就是想办法尽快让人恢复心跳和呼吸。首先要按摩心脏,靠外力维持心脏输送血液的功能,方法是按压胸口,手掌的下方就是心脏的位置,一下一下有力地挤压,让停跳的心脏恢复跳动,促进血液循环。然后做人工呼吸,向病人肺部输送氧气,就是嘴对嘴把空气吹进病人肺里,同时要捏住病人的鼻子,以免吹进去的氧气又从鼻孔跑掉。而挤压心脏和人工呼吸的节奏都要跟心跳和呼吸的频率一致,两者轮流进行。等到病人恢复了微弱的心跳和呼吸后,摆动他的双臂,是为了扩张肺部,增加肺部的氧气。还要把双脚抬高,让下肢的血液更好地回流至心脏。因为男孩的母亲突然把自己推倒了,最后一步来不及做。不过男孩已经脱离危险了,她也放心了。

林巧稚听得入神,她没想到老师做的每一个动作都是有意义的。要是自己也能这样多好啊!

玛格丽特说:"你也可以呀,每个人都应学会急救的。"她答应以后教林巧稚急救常识,还可以让她在自己身上试。

林巧稚认真地从玛格丽特那儿学了急救常识,但不知道在关键时刻是不是真的能救人。她很想有用武之地,没事时就往港仔后海滩跑,要是有人溺水,她也要像老师那样救人。

她不敢一个人去,就叫妮娜一起。

但妮娜坚决反对:"你敢那样救人?溺水的都是去游泳的男孩子,身子光溜溜的,你给人家按摩心脏,做人工呼吸,人家以为你在亲嘴呢!你一个女孩子家,不怕被人说?"

林巧稚想到这个也感到面红耳赤,说实在的,她也没有勇气,要是真的有人需要急救,她还不知道自己敢不敢去做呢!那天玛格丽特救人,过后街坊就有人闲言碎语,让男孩的母亲去做些"改洗"(改运的某种仪式)过过运气。要不,男孩子被一个洋女人动了手脚,嘴对嘴啃,以后恐怕过不去这个槛,成不了大男人了。

那男孩的母亲真的来高等女学找麻烦,要玛格丽特给红包,让她儿子吃甜面线。

通常闽南人是受救的人要给救人的人送红包和请吃甜面线，意为阎王要叫走受救的人，救人的人得罪了阎王，会倒霉的。得救的人要送红包和吃甜面线给他"过运"。现在这个母亲却倒过来做。

高等女学的人都很生气，要跟她理论。但玛格丽特老师说不要在意，我们救人肉体，也要救人灵魂。她真的给那母亲一块银圆的红包，说男孩活着，就是值得高兴的事情。

林巧稚不明白，既然要救人的灵魂，为什么不指出她的愚蠢和贪婪，却要满足一个不知感恩的人？

玛格丽特说，记得老师跟你说的"饼和鱼"的故事吗？对于需要拯救的人们，我们要舍得给予。他们得到了，渡过了难关，就会明白一些做人的道理。关键是要帮助他们解决问题。如果我不给她红包，男孩和他母亲心里的疙瘩就解不开，觉得有一道槛没跨过去。我们为什么不成全他们呢？

林巧稚虽然还有点想不通。但过后那个妇女主动做了一篮"红龟粿"送来高等女学，对玛格丽特老师千恩万谢，她就明白了，一个圣洁的人，有时还要忍受暂时的委屈。

从那以后，林巧稚豁然开朗，她好像有了新的使命。每天醒来，她都对自己说："新的一天开始了。"人立即像上了发条似的紧绷起来，穿戴、洗漱、梳理，一样样迅速地行动起来。帮嫂嫂和爸爸做完每天必做的事，就赶往高等女学，又帮校工和老师做校园和教室的卫生，把课桌椅摆整齐，把黑板擦干净，然后等待上课。她像海绵一样吸收知识，像小树一样追求阳光雨露。

到了礼拜天，她参加教堂的唱诗班，听圣歌在教堂的尖顶上反复萦绕，温柔地抚摸着每个人的肌肤和心灵，心绪就随着歌声盘旋飞扬。有个小小的、尖厉的声音在催促着"快点快点"，她便又急又恼，因为实在是不知道要快点去干什么。只是觉得有个高远的目标在召唤着自己，那个目标与鼓浪屿福音堂门窗上的彩色玻璃一样，都清晰地印在她的脑海里。

高等女学和玛格丽特老师，在林巧稚的心上打开了一扇窗，让她看到了一个瑰丽的世界。但是，林巧稚学的急救常识却一直都没派上用场。直到多年以后，她已经从高等女学毕业，准备实现自己当医生的理想，去上海参加北平协和医学院（今北京协和医学院）的入学考试时。在考场上，一个女生突然晕倒，林巧稚放弃自己的考试，挺身救人，留下一段佳话。

第十五章　螺头与阔头

在高等女学，林巧稚被贺仲禹老先生称为"螺头"。

闽南人喜欢以头的特征来给人取外号，很多男孩子被叫作"大头"，因为孩子小的时候头都偏大，"大头"一抓一大把。有人开玩笑说"鼓浪屿出大头、馅饼和岩仔顶"，岩仔顶是日光岩，馅饼是林巧稚的最爱，而大头呢，则是在鼓浪屿迷宫一样的街巷里或海边沙滩上奔来跑去、大呼小叫的男孩子。

鼓浪屿叫"大头"的男孩何其多！有各式各样的大头，有的前额大，有的后脑大，有的只是扁头，从前面看宽大，从侧面看却像块砖。林巧稚家隔壁就有一个大头，这家人姓王，他叫王什么她已不记得了，每天不绝于耳的就是"大头、大头"。

除了"大头"外，还有叫"歪头""尖头""扁头"的，"小头"就少有人叫了。至于个别叫"螺头"的，并不是这人的头长得像螺，而是从"螺"外形的盘旋曲折，引申为此人脑袋不开窍，喜钻牛角尖，一般是比较痴或迂的人被称为"螺头"。因为林巧稚爱钻牛角尖，贺仲禹就叫她"螺头"。

多数被叫的人都能接受，因为遍地的"头"多了，不觉得哪样不好。有的被叫久了，哪一天冷不丁用了大名时，自己反觉得万分不适应。

但是，叫"尖头"就难以想象了。人的头若是尖的，岂不跟泥鳅或黄鳝一样了？林巧稚还在上蒙学堂的时候，曾为"尖头"的事与父亲纠缠过多次。她在外面听到有人叫"尖头"，就要跑回家问："爸爸，你说，人的头怎么会是尖的呢？"

父亲躺在摇椅里，手里摇着蒲扇，笑眯眯地任林巧稚推搡，假装想不通地说："是啊，人的头怎么会是尖的呢？又不是铅笔。"

林巧稚知道父亲在逗自己，急了，说："不是说铅笔，是不能叫人家'尖头'。"

父亲问："那要叫什么头呢？"

"不能叫什么头，要叫大名！"林巧稚严正指出。

父亲说："噢，明白了。"他回头对大儿子振明说："喂，恐怕是我们家的咪仔不想人家说她'阔头'啦。"

此时，大哥正在院子里冲凉，他接着父亲的话说："阔头才好呢，阔头渣姆当夫人。"然后把一吊桶的井水哗啦啦从头淋下。"渣姆"是闽南话，是"女人"的意思。闽南人认为额头宽阔的女孩是好命人。

林巧稚便气得又跳又叫，跑到大嫂身边评理："阿嫂，你看你看，他们乱说话。"

大嫂抱着不到一岁的儿子坐在丁香树下乘凉。没想到大人们都一个鼻孔出气，阿嫂笑呵呵地说："咪仔傻囡，阔头才好呢，你看阿嫂想阔都阔不起来呢，只好嫁给你大哥。"她冲自己的丈夫做鬼脸。

林巧稚气得满脸通红，眼里噙着泪。她一面气大嫂不帮自己说话，一面又气大嫂小看大哥。

大哥看她当真了，赶快擦干了身上的水珠过来哄她："好了，好了，你的头一点都不阔，我们以后不说了。"回头对其他人挤眉弄眼。

在场的人都哈哈笑，连大嫂怀里抱着的侄儿，也高兴得手舞足蹈，噘着只长了几颗门牙的小嘴"啊——卟、啊——卟"地吐口水。林巧稚气得眼泪都流下来了，她实在不明白，阔头有什么好笑的，何至于一家人都要笑成那样。结果，尖头问题没解决，阔头又惹了烦恼。

但是，对高等女学里贺老先生叫的"螺头"，她却满不在乎。因为她经常问贺仲禹一些难题，让他下不了台，比如："长城是让孟姜女哭倒的吗？"

刚开始，贺先生还没领教过"小螺头"的迂劲，理直气壮地答道:"是也。"

"她怎么把它哭倒的?"

"这……这……"

贺先生还没想出答案,"小螺头"就喊道:"我不相信!"一扭头跑了。

贺仲禹想把她喊回来教训一下,但又知道说服不了她。此等故事只可意会不可言传,如果都要刨根究底,便没有道理好讲。再说高等女学鼓励学生自由思想,老师不得打骂学生,贺仲禹也不敢造次。他觉得正是洋学堂对学生的放纵,才导致女儿家不受调教。

但是,话说回来,如若他的教学生涯中没有了"小螺头"的纠缠,也是寡淡了一点。有些问题的探讨,还真让贺仲禹喜出望外。

有一次,林巧稚一脸严肃地问:"先生,你说上帝和女娲谁厉害?"

这又是贺仲禹没有想到的,只好搪塞着:"二者不可同日而语。"

"我觉得,"林巧稚显然是深思熟虑过了,"我觉得,他们一样了不起。所以,女的不比男的差。"

她列举了一些事例,如:上帝创世纪,女娲则用五彩石补天。因为女娲是女人,做事更仔细一些,而且都自己动手,不像男人只是差遣女人干活。补天时，女娲先捡了五彩石，洗净，炼成膏，再补，使五彩石成为星星点缀夜空。

"等等。"贺仲禹发现了破绽，"你怎么知道女娲先把石头洗净了？书上没有说。"

"女人做事情都这样的，不洗净，她不会放到锅里去。"林巧稚不容置疑，继续说，"天不平，她就折了鳌足支撑四极，让天地开阔。这是好的。上帝按自己的形象造人，造男人和女人。女娲用黄土造人，造男人和女人。有时，干脆自己生，与伏羲通婚，生了孩子，成了人类的始祖。这也是好的。上帝不高兴人类的贪婪、暴力、仇恨和嫉妒，要消灭这些丑行，让挪亚造方舟，又下了四十昼夜的大雨，淹没一切，人类得以重新开始，从鸽子衔回橄榄枝的时候开始。女娲也一样治平滔天洪水，杀死四脚猛兽，让人民安居乐业。这也是好的。"

林巧稚作这些对比时，贺仲禹听了心中暗喜：好啊，洋人忙了半天，总算培养出说公道话的人了。按"小螺头"的说法，女娲与上帝一样厉害，那中国人就比洋人强，因为女娲是女人，她身后必然要有个强于她的男人，这就意味着中国有一个比上帝还厉害的男人。但贺仲禹不敢想，也不敢说，他怕遭上帝惩罚。

那时林巧稚还没有受洗，无拘无束。两年后，她皈依基督教，就没有这些言论了。但她的兴趣点转移到自然科学上来，看到贺先生正在剔牙,"小螺头"就问了:"先生可知道人类有几颗牙齿?"

现在贺仲禹知道了林巧稚的厉害了,不敢大意,谦虚地说:"老朽不知。"

林巧稚已经从玛格丽特老师那儿学得许多自然科学知识,便热心地教导自己的国学老师:"告诉你吧,人类有32颗恒牙。你的都掉哪去了?"

贺仲禹用舌头在口腔里扫了一圈,觉得自己并没有弄丢那么多牙齿,便问:"32颗?何以见得?"

"嗯,你算算吧。"她张开自己的嘴巴,"一颗不少。"

贺仲禹看着人家满口洁白的牙齿,好生羡慕,只得结结巴巴地说:"后生可畏,后生可畏。"

林巧稚故意逗贺先生:"不可畏也!只不过是'螺头'罢了。"

贺仲禹知道她在嘲笑自己,便自圆其说:"'螺头'自有'螺头'妙处,老朽亦是喜刨根究底之辈。嗯,在下有所不知,你个女娃儿,绘画、绣花、弹琴哪样不好,怎就想当什么女郎中?"

"NO——"林巧稚纠正道,"不是郎中,是医生!"

贺仲禹知道林巧稚的犟劲又来了,连忙摆手认输:"好好好,是医生,医生,那又有什么好?"

林巧稚朗朗道:"玛格丽特老师说了,中国妇女不开放,不让男医生检查身体。中国需要女医生。"

　　"说的也是。"贺仲禹眼珠一转,突然想到一个问题,马上杀了回马枪,"那,你个女医生,可好检查男病人?"

　　这下林巧稚就傻了,她毕竟是个孩子,没想到这个问题,男人的身体对她是个巨大的威胁,她想到了沙滩上那个溺水的男孩,虽然只是个少年,但只穿短裤衩的身体,是她心理难以逾越的障碍。此时她已混沌初开,对男女、对生命都有朦胧的觉悟。这让她又向往又羞怯。现在被贺先生一语道破,窘得无言以对。

　　"小螺头"这一次在贺先生面前败下阵来,她红着脸,仍嘴硬道:"不跟你说了!"掉头就跑。

　　贺先生呵呵笑,哼了声:"无话可说也!"

第十六章　混沌初开

林巧稚小的时候,像所有的孩子一样,爱问爸爸妈妈:"我是从哪里来的?"

妈妈总是随口说:"捡来的。"

她就会问:"谁那么傻,把这么好的孩子扔了?"说得妈妈都笑了起来。

爸爸呢,则说是妈妈不小心打喷嚏,把她打出来的。

爸爸讲过一个大鼻子的故事:说是有个人的鼻子特别大,大到人们以为那是两条胡同,于是就有人住进去,里面像迷宫一样,很好玩。住进去的人越来越多,人多了,大家就要唱戏、赶圩,卖蚵仔煎和面线糊的摊子也来了。有一天,一个伙计不小心把煎蚵仔煎的柴火掉到了地板上,结果大鼻子被烫到了,他打了个喷嚏,胡同里的人全被喷出去了。父亲说,也许我们现在也住在哪个人的鼻孔里,哪天他打喷嚏了,我们就全飞到太空去了。

所以她还在妈妈肚子里的时候,妈妈十个月都不敢打喷嚏,要打也是用手捂住鼻子,生怕把她喷出去。她以为是真的。

但好朋友妮娜根本不相信打喷嚏能把孩子打出来,因为她妈妈整天在生孩子,她见多了。她认为生孩子很简单,就是一直叫,一直叫,就生出来了。在她的印象中,家里总是在母亲大叫后又多了一个妹妹,可母亲的肚子并没有小下去多少。

林巧稚认为光叫是不行的,叫只是告诉大家她在生孩子,孩子肯定不是叫出来的,于是说道:"不然你叫叫看,看会不会生出一个孩子?"

妮娜说:"我才不要生孩子呢!"她对生孩子深恶痛绝。

"所以,你根本不知道孩子是怎么生出来的。"

"我知道,我不告诉你!"妮娜上面有两个姐姐,姐姐又认识了一帮大姐姐,从她们嘴里妮娜知道了很多林巧稚不知道的秘密。

林巧稚以前到妮娜家玩时,常听到她父亲的房间里传出奇怪的声音,问妮娜是什么声音,妮娜拉着她走开,说:"那是大人才做的事。"

"大人在做什么事?"

"你真讨厌!什么都要问。"但她还是忍不住咬着林巧稚的耳朵神气地说,"告诉你吧,他们在生孩子,我爸爸想要生个小弟弟。"

林巧稚还是不明白,但她不敢再问下去了,她隐隐感到那是一件羞于见人的事。

妮娜家有五个女儿,妮娜排行老三。虽然她父亲王马克是个新派人物,恪守一夫一妻制,却信奉老话,"女儿不是儿",家里生了五个女孩,让他感到非常没面子,非生个男丁不可。他最常挂在嘴边的一句话是"万金不富,五子无嗣",说有一个穷秀才,生了十个女儿,在门前挂了这副对联,以表达他悲愤的心情。一个女儿一千金,十个女儿一万金,可他没钱;一个女婿算半个儿子,十个女婿五个儿子,可他没后代。秀才的心情王马克感同身受,况且秀才没钱,没有后代尚且遗憾,自己家财万贯,却没个儿子来继承,将来的钱都成别人的,一生的血汗岂不白流了?想到这一点,王马克就会出一身冷汗。最恼人的是生男生女不像做生意,靠挖空心思或使点小聪明就成了,唯一的办法是不停地生下去,直到生出来儿子为止。他给老婆下了通牒:"就是生到肚子里没货了,也要把儿子掏出来。"

目前他老婆正在进行这项传宗接代的事业,这对家里的女儿们是一种精神上的虐待:她们都知道父亲只想要母亲肚子里的弟弟,不想要自己,她们都是等着养大后嫁人的"货品"。所以,妮娜她们早就认识到这一点,觉得自己不是家里人,只有在学校里才能找到快乐。

她们是躲在妮娜家的门柱边说话的。林巧稚站在大门外,看到妮娜的母亲挺着个大肚子艰难地从楼上的露台走过，样子像一只大火鸡。在她的印象中，妮娜的母亲总是大着肚子。她好奇地看着楼上，问："你妈要什么时候生？"

"不要管她！"妮娜只想跟林巧稚说悄悄话，学习上她输给林巧稚，但这类事情就比林巧稚知道得多，她很高兴能像大人一样教导这个好朋友。

林巧稚却央求妮娜："等你妈妈要生的时候，告诉我呀，让我来看看。"

妮娜不让看，说小孩子不可以看。林巧稚说看一下就可以了，她想知道人是怎么生出来的。比如妮娜的妈妈肚子那么大，鼻孔那么小，孩子怎么喷出来呢？

"你真傻，连这也不懂。"她已经看过妈妈生孩子，就吓唬林巧稚，"要流很多血的！你敢不敢看？"

林巧稚感到很害怕，但还是想看，就硬着嘴说："敢！"

"好，一言为定！"两人拉了钩。

没多久，妮娜的母亲因产后大出血去世了。她终究没能生个儿子，夺走她生命的仍是个女孩儿。在自己行将辞世的时候，她没有留恋生命，没有舍不得女儿，只有对自己肚子不争气的愧疚。她对自己刚刚出生的女儿连看都不看一眼的神情，像刀子一样剜在林巧稚心上，林巧稚觉得那女孩子差不多就是自己。看到妮娜妈妈的死，林巧稚突然对妮娜爸爸感到厌恶至极，觉得这跟他有关。

那一天，妮娜还算守信用，她听到母亲叫自己把一大沓草纸拿进房间时，就知道妈妈又要生了，赶快跑去叫林巧稚。其实，她自己也想看一看。平时不敢看，现在有林巧稚做伴，可以壮胆，她们对生孩子有着极大的好奇心。但是，等她们跑回家时，听到接生婆在房间里说："又一个'渣姆'，跟拉一泡屎一样快。"然后就是婴儿的啼哭和父亲把茶壶砸到地板上的破碎声。妮娜知道这次跟以前一样，她害怕得哭起来，不想再往前走。

林巧稚却趁乱到房门口偷看了一眼，这一眼在她心中留下了永不泯灭的印象，成为她以后学医的重要原因，并伴随她求学和从医的生涯。每当遇到困难的时候，她的眼前都会出现妮娜母亲的样子。

妮娜的母亲叉开两条腿躺在床上，血从她的两腿之间流下来，顺着床单流到了地板上，地板上已流了长长一条血迹，还在向前蜿蜒。妮娜的母亲一动不动地躺着，头发蓬乱，脸色苍白，手脚也苍白，全身湿淋淋的，好像在水里泡过。那个刚生出来的小孩裹着一条毛巾放在她的身边，她却睁大眼睛看着天花板，眼神直直的，嘴巴张大着，好像要喊什么，最终没喊出来。那个小孩也一动不动的，除了一撮湿湿的头发，她看上去就是一团旧毛巾。屋里没人，接生婆拿了红包就要走了，她的任务是接生和断脐，其他不管。但她看到产妇的血像水一样流出来，自己也害怕了，对妮娜的父亲说："赶快请医生吧，要不然就等着买棺材了。"妮娜的父亲听说又生了个女孩，气得七窍生烟，一门心思都算着这十个月又白过了，下回至少还得等一年半载后才能再生，对接生婆说的话也不以为意，对房间里的老婆女儿，他看都懒得看一眼。

以往接生婆走后，是妮娜的母亲自己起床收拾的。生孩子的污物，用人是不碰的，她们说不干净，碰上了会倒霉。但今天母亲没有起来，过了很久都没有起来。妮娜的姐姐想进去抱小妹妹时，才发现母亲全身冰凉，床上、地上的血已经凝固了。那个妹妹从受惊的大姐手里掉下去，只是像一个枕头一样发出了沉闷的响声。可怜她没有接受过亲人的一次爱抚，没有吮吸过母亲的一口奶，便无声无息地又回去了。

她属于早夭的孩子，又夺走了母亲的生命，在家人的仇恨和蔑视中被装进一个草袋子里，拿到崖边丢进海里，成了鱼虾的美食。妮娜的母亲在生产中死去，也属横死，死后都难以投胎转世。闽南人忌讳这样的死法，没什么人来吊唁。妮娜的母亲在冷冷清清的气氛中被埋在荒岗上，连祖坟公墓都不得进。妮娜哭得死去活来，她认为如果她们中有一个儿子，母亲就不会死了。她觉得母亲的死自己有责任，假使自己是个男孩就好了……

林巧稚怎么也忘不了妮娜母亲的样子，女人生孩子的惨状给她留下了刻骨铭心的印象。她一想到这一情景，就会情不自禁地打个寒噤，也会不由自主地凝聚了斗志，这也成为她后来对产妇的关爱和在妇产科领域努力的动力之一。

小时候她隐约觉得这与妮娜的父亲有关，等后来上了协和医学院，她从科学的角度明白了性生理，她懂得了性是一种自然现象，应该得到尊重和爱护；但从感觉上，她无法跳过妮娜母亲生孩子的样子，只觉得性是人性的缺憾，是丑陋的、肮脏的。

没想到，几年后，妮娜也步她母亲的后尘。她母亲去世不久，她们几个姐妹被迫辍学嫁人，她成为鼓浪屿一家肉松店老板的儿媳妇。从她结婚以后，林巧稚每次见到她，她都大着肚子，差不多保持一年半一个的速度在生孩子。按照她自己的说法，生得身子只剩一个壳，家里只多出一堆做肉松的。而她那个油腻腻、肥嘟嘟、一身猪肉味的丈夫，林巧稚都不好意思看到大着肚子的妮娜与他站在一起，似乎他们所做的事情都在妮娜肚皮上昭然若揭。

第十六章　混沌初开

第十七章　女人的命题

那一天，林巧稚目睹着妮娜母亲被人穿上干净的衣裤，换上干净的床单，从头到脚蒙上白布。床单下，一个人的轮廓十分清晰，手脚、肚子、额头、下巴、鼻尖都从床单下凸显出来，好像是一架废弃的工具。那个拎走死婴的人，一直把胳膊平举着，让装死婴的草袋离自己的身体尽量远些。那是个装海蚬的草袋，看上去也像是装了海蚬，而不是妮娜的小妹妹——一个刚出生的孩子。

林巧稚不知想到了什么，突然"哇"地哭起来，哭得像个泪人。有人发现楼梯口蹲着阿咪，问她在干吗，她却说不出话。大家就说，这孩子还挺有情义的，朋友的妈死了，她哭得比谁都惨。可林巧稚却不知道自己为什么而哭，她感到害怕、不解，还有愤怒，就想大哭一场。妮娜也哭成了泪人，她没完没了地念叨的是："我没有妈妈了，我以后没有妈妈了。"她好像是在哭自己。

受了惊吓，林巧稚感到手脚都软了。她费力地挪到花园的凉亭里，坐在那儿看人们跑进跑出，心里茫然地想着："她死了，人死了以后到哪里去啊？"她想起阿公牧师说的，有的人上天堂，有的人下地狱。她眼前晃着妮娜母亲困倦的面容，心想她肯定没有力气上天堂的。那么，她会下地狱吗？女人生孩子会生得下地狱，也太不公平了。她又想起自己的妈妈，她是上了天堂，还是下了地狱呢？她知道，妈妈是睡在墓地里的。

天快黑了，有人从屋里拉出电线，把一个大灯泡挂在花园的一棵树上。这一天，妮娜家要彻夜不眠。她想到该回家了，就扶着墙根慢吞吞走回家。

家人见她脸色苍白，惊问出什么事了。她却抓住父亲问："妈妈呢？妈妈是怎么死的？"说着眼泪又哗哗地流。

爸爸说妈妈是得病死的。

"什么病？"

"妇女病。"

"什么是妇女病？"林巧稚不依不饶。

父亲说："是跟生孩子有关的病。"

她想起父亲说的，母亲是用打喷嚏那么轻松地把自己打出来的，就非常恼火。她说："你骗人！生孩子不是打喷嚏，要流好多血，会死的！"

父亲说:"是的,生孩子是女人的鬼门关,很多女人都生孩子生死了。"

林巧稚问:"那为什么要生?"

父亲说:"不生就不会有人了呀!女人是很伟大的,她们生了后代,自己却死了。"他想起死去的太太被病痛折磨得奄奄一息的样子,不禁又唉声叹气。

林巧稚看父亲的老泪快要流出来了,不敢再闹,她模模糊糊地想起妈妈的样子。

现在她明白了,平时女孩子们嘴里老说的"嫁人"的话题,都跟生孩子有关,生孩子是女人的使命,而生孩子是会死的。

她有一次与女友们去龙头山玩,正是木棉花开的早春时节,满山的木棉花开得如痴如醉。她们在山坡上跑着,不时能听到沉闷的"砰"的响声,那是木棉花掉到地上的响声。有时还有清脆的"叭"的声音,那是木棉的蒴果熟透了,"叭"地炸开,纷纷扬扬的棉絮像雪花一样飘落,常有人捡回去晒干了当枕芯。在闽南,木棉花又叫攀枝花,是女孩子们喜欢玩的花朵之一。它有着肥厚的红色花瓣和拳头大小的花朵;头顶上还有一个咖啡色的圆帽,就像英国皇家士兵戴的头盔;中央的五根花蕊,又像孔雀的尾翎,给人无穷的遐想。女孩子们常把它当毽子一样扔来踢去,笑个不停。

因为是那样青春年少,因为在蓝天碧海的秀美家园,大家都像自由的小鸟，胸前挂着攀枝花串成的花环，一路打打闹闹来到半山腰的一棵老榕树下。正在兴头上的林巧稚指着老榕树对女友们喊："嘿！我们爬上去！"那是一棵枝繁叶茂、慈眉善目的老榕树，早已张开怀抱，乐呵呵地等着孩子们来戏耍。平时她在家常爬园子里那棵矮矮的、长满疙瘩的七里香。

但是，女友们听到林巧稚的话都胆怯地往回缩，嘻嘻笑着，谁也不敢动。

那时是20世纪初，大部分的中国女孩都还在"三从四德"的训条里被严加管教。林巧稚她们虽然生长在人称"万国租界"的鼓浪屿，接受的是西方的教育，但毕竟还在中国的土地上。她们中有的人被缠过足，有的小小年纪就被许配给他人。对她们来说，能有机会读读书，自由自在地外出郊游、谈天说地已是幸运，岂敢妄想爬树！

林巧稚见没人响应，自己也傻了，问："怎么啦？怎么啦？"

女友们说："女孩怎么能爬树？回去要挨打的。"

有的说，要是被人看见了，就没脸见人了，以后嫁不出去了。

林巧稚觉得爬树跟女孩子没有什么截然的界限，同伴们怎么会认定女孩子不能爬树？她问："男孩子能爬，为什么我们不能爬？"

"因为我们是女的呀！"女友们异口同声道。

林巧稚不服气,说:"我爸说了,男孩女孩是一样的。"

大家都笑起来:"怎么会一样呢?明明不一样嘛。"

妮娜还讥讽说:"你能站着'嘘嘘'吗?"

林巧稚气起来:"那个我不会,但我能爬树!"

"你爬,你爬。"同伴们齐声叫,虽然自己不敢爬,但看女孩子爬树毕竟是一件令人兴奋的事,于是她们热烈地怂恿,朝林巧稚围拢过来。

事已至此,也只好爬了。林巧稚看看周围,除了三个好友外,就是满山的岩石和呼呼的山风。"怕什么!"她告诉自己。她"噼啪"踢掉皮鞋,又脱下布袜,妮娜立即殷勤地接过去,抱在胸前。林巧稚赤着脚,小心地走近老榕树。其实,爬老榕树太容易了,树干本身就像一间房,粗大、宽阔,沟壑一样的树皮像瀑布一样倾泻而下,让人可以很容易地攀缘而上。树干上的结疤又可以当作登临的阶梯,还有从枝干垂下的气根,像绳索一样可以当扶手。林巧稚本来还在发愁,自己穿着白色的收腰对襟布衫和宽摆过膝长裙,如何能上得了树,现在看来已不成问题。当她威风凛凛地站在榕树第一个分叉处的平台上时,感觉就像当年的"国姓爷"站在日光岩上指挥千军万马。

她对下面的女友喊:"我爬上来了,你们也上来吧!"

下面的女友你看我、我看你,谁也不敢上,最后冲林巧稚叫道:"阿咪,你快下来!"

林巧稚说："太好玩了，我还要往上爬。"

女友们急了："你不下来我们就走了，有人来了！"

林巧稚喊："骗人！你们不敢爬，胆小鬼！"

但是，两个女友开始往回走了，剩下妮娜急得直跺脚，哀求道："阿咪你快下来吧，回去让你看我的《白雪公主》。"

看那两个伙伴真的吓跑了，又想看妮娜的《白雪公主》，林巧稚赶紧大声喊"等等，我下来了"，那两个伙伴才停下来等她们。

但是，上树容易下树难，她站在树杈上不知如何下来，刚才上来的台阶都变得又滑又靠不住，一下子跳下去吧，又太高了，而且赤着脚，她也不敢着地。女友们见她下不来，都慌了，妮娜吓得哭起来。

妮娜一哭，林巧稚反而勇敢了，说："妮娜别怕，我能下来。"然后抓住榕树的气生根，像荡秋千一样荡下来。她是准备要摔一跤的，却安然无恙。妮娜破涕为笑，其他两个伙伴也连声叫道："上帝保佑！"

这次爬树给林巧稚留下了特别的印象，她觉得有些事情并不难，只是自己给自己设置障碍罢了，只要大胆去尝试，就有成功的机会。这样的观点后来一直影响着她的处世态度和在医学上的探索。

那次爬了大榕树后，林巧稚就像上了瘾一样，很想再爬一爬，她觉得爬树比玩"占房子"好玩多了。她想约女友们再去，但叫了谁，谁都摇头，连最要好的妮娜也死活不肯去。那天回来后，妮娜偷偷跟姐姐丹娜说了阿咪爬树的事，丹娜警告她不能再去，说女孩子爬树让人知道了，会嫁不出去的。

妮娜劝林巧稚别再爬了，她担心地说："你要是嫁不出去怎么办？"

林巧稚问："我为什么一定要嫁出去？"

大概从五六岁起，一些女孩子就朦朦胧胧地懂得，嫁人是女人命运中最重要的事情，嫁人也成了女人生活中最头疼也最迷人的话题。可林巧稚在家里没有受过这样的教育，父亲只是告诉她：男人可以做的事情，女人也可以做；女人要是没本事，日子会过得很苦。父亲就没有告诉她：女人要是嫁不出去，这辈子就完了。而且她最佩服、最亲近的玛格丽特小姐，不是也没嫁人吗？不是也很受人尊敬吗？她这么跟妮娜说了，还说自己要像玛格丽特小姐那样。

妮娜跳起来，对她喊着："玛格丽特小姐是洋人，你怎么能跟她一样？"

"洋人也是人！"林巧稚以前也像别人那样，对洋人又怕又讨厌。但是，自从上了高等女学，玛格丽特当了自己的老师和教母后，她对洋人的看法就变了，洋人里也有好人，像玛格丽特小姐。她烦妮娜老是担心嫁不出去，就问："你去不去？不去就算了。不要拿嫁人来吓唬我。"

"我不去!"妮娜斩钉截铁地说。

"那你等着嫁人吧。"林巧稚只好独自回家,心里气恼地说,哼!整天就想着嫁人!羞!

妮娜却说:"女孩子生来就是嫁人的呀!"

林巧稚气得眼泪都流出来了。

第十七章 女人的命题

第十八章 "大道公"与郁约翰

玛格丽特老师唉声叹气道:"假如妮娜的妈妈到救世医院去生孩子,或者,产后大出血时,到救世医院去抢救,可能就不会死了。接生婆对产后大出血束手无策,郁约翰医生是有办法的。"

可是,那时候的中国妇女基本都在家里生孩子,有条件的请接生婆上门,没条件的自己生,生好自己给孩子断脐。林巧稚的妈妈生她时,连接生婆都没请。

但是,被这样接生的孩子,很多出生没多久就死了,多数是死于脐带感染、破伤风或败血症,因为接生婆根本不懂无菌性操作。当时新生儿的死亡率高达35%,有的产妇也因产后出血、感染或难产而死掉,生育成了女人的鬼门关。有了西医以后,分娩的死亡率明显降低。

玛格丽特的话让林巧稚信服而向往,而老师说自己是当医生的好材料，那是多么神圣的事啊！现在她更坚定了当医生的信念。她想，如果自己当了医生，妈妈就不会死了，妮娜的妈妈也不会死了。她还要救好多好多的人！她想象着自己当医生的样子，却想不出来。在她的头脑中，有两个医生偶像：一个是在庙里受人顶礼膜拜的济世良医"大道公"，一个是创办鼓浪屿救世医院的美国人郁约翰博士。

"大道公"是厦门附近的神，又叫"保生大帝""吴真人"等。他原名叫吴夲（音 tao，阴平），生于宋太平兴国四年（979年），清溪县（今安溪）常乐里石门人。自幼随父亲定居于离厦门不远的角美白礁村。

吴夲儿时，其父身患恶疾，因无钱医治而亡；其母亦因忧劳过度死去。吴夲从小立志学医，济世救人。自17岁起，他云游四方，拜各地名医为师，苦学医术成为名医。曾治愈宋仁宗太后乳疾，被宋仁宗封为"御史太医"，赐永留朝中享受荣华富贵。但吴夲谢绝皇恩，继续云游天涯普救众生。皇帝嘉其医德，敕封为"妙道真人"，此为"吴真人"由来。

吴夲精通医术，济世救人，深受百姓爱戴。宋明道二年（1033年），漳泉地区瘟疫流行，百姓死亡，田地荒废，哀鸿遍野。吴夲夜以继日采药治病，救民众于水火之中。有一天，他率徒在文圃山麓的龙池岩石崖上采药时，不幸跌落悬崖，身负重伤，抢救无效，于景祐三年（1036年）农历五月初二羽化成仙。

当地人民为纪念他，建立了慈济宫，把他供奉在庙里，据说灵验神奇，百姓称为"保生大帝"。后来闽南、台湾、东南亚各地都有保生大帝庙，鼓浪屿也有一个，叫种德宫，香火很旺。鼓浪屿虽然不少人信了洋教，但还喜欢拜当地的神，人们做完礼拜后，再拐到小庙里烧一炷香也是常有的。在他们心中，不管洋神土神，只要是保佑自己平安幸福的，都要恭敬。在那疫疠肆虐、缺医少药的时代，平民百姓患病多是束手无策，奄奄待毙，"大道公"无疑是人民的救星。

林巧稚小时候常到内厝澳的种德宫庙去看人家拜"大道公"。谁家有人生病了，就到庙里向"大道公"求签，"保生大帝"的签书都是药签，相当于处方，求到后可上药铺配药吃。有的只要求赐一撮香灰，用开水冲服，即可药到病除。但有条件的人家，为保险起见，一边到庙里求"大道公"救治，一边到救世医院找洋医生看病，双管齐下，只要病好，谁的功劳都记下。因为"大道公"是神，人们有什么难题、心愿也可以向他求教、祈佑。到了"大道公"的生日，全岛信众就会举办大型的庆典，祭祀都摆到街上来了，鞭炮放得全岛都是火药味。随着庙祝的一声令下，大人小孩都跪到地上叩头行礼，黑压压的一片，很是壮观。林巧稚看得心动，觉得当医生真是了不起。

但是，"大道公"老是坐在庙里，脸被香火熏得黝黑，表情似笑非笑，实在看不出他是个什么样的人。而救世医院的郁医生就是个实实在在的人了,郁约翰也是林巧稚崇拜的偶像。

她见过长着一字胡的郁约翰,他穿着整整齐齐的礼服,戴着高高的礼帽,拿一根锃亮的手杖,在做完礼拜后,有空会到教民家中访问。谁家有什么困难了,他就想办法解决;邻里之间有什么纠纷了,他也会出面调停。他还像无所不能的"大道公"一样,会做很多神奇的事情。因为他总在岛上四处给穷人看病,大家都亲切地叫他郁先生,闽南话的"先生"有医生的意思。岛上的中国人见到郁先生都会恭敬地对他行礼让路,这可不是因他是外国人,而是大家尊重和感谢郁先生。

郁约翰是美籍荷兰人,作为归正教的牧师,他于清光绪二十三年(1897年)带着自己在美国募集的资金到鼓浪屿,在河仔下设计建造了救世医院,于次年建成正式开诊,成为厦门第一家现代意义上的正规医院。为方便女患者,他又在清光绪三十一年(1905年)创办了救世医院女医馆。

救世医院的医疗设施达到了美国医院的同期水平,设有X光室、手术室、传染病房等。从1900年起,这家医院还附设医学专科学校,开设物理、化学、胚胎学、组织学、生理学、解剖学、内科、外科、眼科、妇产科、小儿科、皮肤科、检验科等科目,培养了众多的西医师,还创立了闽南第一所护士学校。

郁约翰为医院制定的宗旨是:"传播救恩,医治疾病,不分种族阶级。服务社会,健康人群,并促成医学之进步,指导卫生之常识。"医院不收一切医疗费用，只收住院病人的伙食费，所收病人包括平民、富人、官员、学者、穷人甚至乞丐等社会各阶层的人。厦门救世医院的声名传遍了闽南、台湾和东南亚，一些被认为无法医治的病人，都在这里被治愈了，许多民众都慕名前来就医。

林巧稚见过一个瞎眼的男孩，因为生活不能自理，被他叔叔赶出家门，当了乞丐。他听说有个救世医院，就跋涉十几里路，边走边叫："我要到救世医院，帮我领路吧。"好心人把他领到了救世医院。他一身破烂肮脏的衣服，分文全无，但郁医生把他治好了。男孩子高高兴兴地跑出医院，见了人就叫："我看见了，我看见了！"知道这事的人都很感动，林巧稚对郁医生更是佩服得无以复加。

救世医院救人无数，从医院开办到郁约翰1910年4月14日去世，12年时间里，共收治了17 000多名住院病人及135 000多位门诊患者，做了7500多次手术。民间流传着许多穷苦病人在救世医院得到医治的故事。而郁约翰本人也为医治中国穷苦病人献出了自己宝贵的生命。清宣统二年（1910年）4月6日，厦门暴发鼠疫，郁约翰为一位鼠疫病人诊治时不幸被传染，4月14日去世，长眠在鼓浪屿岛上。

郁约翰在鼓浪屿创造了多个第一。清光绪二十六年（1900年），他创办了闽南首家医学专科学校，学制五年，培养当地医学人才。清光绪三十一年（1905年），他创办了福建首座妇女医院，同时创办了第一个"护士之家"，培训女护士，特别是助产士，这是中国最早的护士组织。清宣统元年（1909年），来自全国各地的外国护士在鼓浪屿召开会议，选出兼职的主席和秘书长，这是中华护士会的前身。

郁医生还设计了鼓浪屿人引以为荣的英华中学和八卦楼，八卦楼成了鼓浪屿的标志性建筑。

玛格丽特有时会带林巧稚到救世医院，让她感受医院的氛围，看医护人员是怎么医治病人的。玛格丽特带她去救世医院时，郁约翰已经去世了，但他的功绩和影响，鼓浪屿人对他的崇敬和怀念，都让林巧稚心向往之。她从小认为，医生是崇高的职业，因此，她立志要当像郁医生或"保生大帝"那样的医生，解除天下人的痛苦。

第十九章 鼠疫

1910年4月，在厦门暴发的鼠疫，让少年林巧稚看到了瘟疫的恐怖和医生的崇高。虽然她还小，但是听到亲友家中有人亡故的号哭，特别是妮娜哭着说她外婆因鼠疫去世了，让她感到了死亡的威胁。

妮娜的外婆住在厦门，妮娜喜欢去外婆家，林巧稚有几次也跟她去玩。妮娜的外婆是个慈祥的老人，梳着一个林巧稚很喜欢的发髻，上面插着漂亮的钗子，有黄金做的，也有绸缎、银子做的，有各式精美的花朵，还有一只五彩斑斓的孔雀。林巧稚忍不住用手去摸，外婆就把钗子取下来，让她看个够。然后外婆双手扶着林巧稚的头，端详一会儿说："这么高而宽的额头，将来一定是个有福气的人。"外婆是个有童趣的人，她对林巧稚说："来，嬷给你也梳个发髻。"

林巧稚坐在梳妆台前，从镜子里看着外婆给自己梳头。外婆神情专注，梳子一下一下耙过头皮的感觉，似乎从头顶贯穿到心田，林巧稚感到又舒服又忧伤，她想起了妈妈，不觉得眼里噙着泪。

外婆看在眼里，但她不动声色，仍继续梳头。等发髻做好了，她在林巧稚的额头上亲一口，轻声说："好孩子，菩萨保佑你。"

林巧稚一动不动地坐着，生怕一点动静就会把这温暖美好的时刻打破了。她把外婆的一举一动都记在心里，对发髻产生了难以言喻的爱和眷念。

成年以后，她一直梳着发髻，发髻成了她的标志。直到"文革"时期，红卫兵说她梳发髻是"封建脑袋"，逼她把发髻剪成短发。这是后话。

妮娜外婆却死于1910年的厦门鼠疫。当妮娜哭着说外婆死了，她没妈妈也没外婆了时，林巧稚跟着哭了一场。发髻成了林巧稚对妮娜外婆的追忆。夺走外婆的鼠疫也像妖魔一样让她恐惧。

幸好鼓浪屿与厦门隔着一道海峡，鼠疫没那么容易传过来。鼓浪屿有世外桃源之称，卫生条件、生活水平都远高于其他地方，从鼠疫在福建流行以来，数十年间岛上未闻鼠疫发生。

鼠疫，是原发于啮齿动物并能引起人类感染的烈性传染病，其传染性极强，死亡率极高。14世纪中叶席卷整个欧洲并涉及亚洲、非洲的"黑死病"，就是鼠疫。那场"黑死病"从1347年到1353年，夺走了2500万欧洲人的生命，占当时欧洲总人口的三分之一！19世纪末，鼠疫再次在世界流行，到1900年，流传了32个国家，中国是其中之一。

厦门的鼠疫在1884年由香港传入，厦门民间称之为"痒子瘟""发粒子症""香港症"。此后鼠疫在福建流行，成为一个令人闻风丧胆的名称，病死率高达86.3%，鼠疫患者基本"十人九死"。

此后鼠疫在福建季节性流行，几乎年年有小范围的暴发。家庭卫生条件不好的、居住环境空气不流通的、营养不良的人容易得病，往往一人染病，全家遭殃。这种病极容易在人与人之间通过飞沫传播，是急性肺部炎症。

但在1946年以前，鼠疫未曾登上过鼓浪屿。

鼓浪屿受西方影响较大，科学意识较早深入人心，早在清朝晚期鼓浪屿上就已实施科学防治鼠疫的手段。

1873年8月21日，为防止新加坡、暹罗（泰国）和马来半岛等地霍乱的传入，厦门海关税务司仿照上海的做法，拟定《厦门口岸保护传染疫症章程》，选聘海关医官帕特里克·曼森（Patrick Manson），开始实施港口检疫。

也可以倒过来说，是热带医学家曼森建议厦门海关采取检疫措施，防控传染病输入的。曼森在鼓浪屿被老百姓称为"抓蚊子的大夫",他在丝虫病人和疟疾病人身上发现了蚊子是疾病传染的载体。他为防治这些疾病做出了重大贡献,被称为"热带医学之父"。

厦门和上海一起,同为我国最早创始检疫的港口。很快,鼠疫检疫,就被列为厦门港口检疫的重要内容。当时厦门海关税务司就设在鼓浪屿对面的鹭江道上,税务司的洋关员都住在鼓浪屿的税务司公馆,所以对鼓浪屿的疫情防控尤为严格。

1902年,清廷与列强驻鼓浪屿领事馆签订《鼓浪屿公共地界规例》,其中第十一条规定:"凡有痒子瘟、霍乱、出花或别传染之病致毙者,应于12点钟内报明公局,公局勘察该地情形,除去瘟气……如房主家长不报,首案罚银不过20元,次案罚银不过30元,以后每案罚银不过50元为限。"可见鼓浪屿对烈性传染病的防控是严格具体的。

1910年4月,在鼓浪屿人看来,一年一度的"痒子瘟"又开始了。岛上的居民赶紧到种德宫、兴贤宫、莲花庵、三和宫烧香,求"大道公"、妈祖娘娘和观音菩萨赐福保平安。这些庙庵终日香火鼎盛,钟鼓长鸣。鞭炮声此起彼落,不绝于耳,大家以此祛邪除疫。信洋教的则终日祷告,到教堂做弥撒。教会和救世医院还帮助贫苦人家清除垃圾、污水等,改善居住环境。

孩子们虽然照样去上学,但被大人禁止到处乱跑,以防被传染。各个寺庙为祛邪请来戏班子唱戏,孩子也不敢去看了。有的寺庙还给信众分发"祛邪符",是一种画着神秘图案的黄纸,外加一根艾草。一时间,岛上许多人家的大门上都挂着艾草,贴着祛邪符,人人都觉得做做无妨。

高等女学也采取了预防措施,学校进行大范围的清洁和消毒工作,并指导学生回家采取相应的措施,灭鼠灭蚤,把家里的卫生搞好,在墙角、水沟等老鼠出没的地方投放石灰、硫黄等。欧洲人对鼠疫有着更深的认识和记忆。

公部局派人四处巡查,发现有疑似病人就封锁消毒,周围人家尽可能疏散。岛上清静许多,那些富人家周末举办的宴席、音乐会、舞会都取消了。大家在路上走着都小心翼翼,好像生怕惊动了躲在角落的鼠疫病魔。大家都盼望着"痒子瘟"快点过去,生活恢复正常。

然而,坏消息还是传来了。4月6日,深受鼓浪屿人爱戴的郁医生被请去厦门城区为人治病。他立即诊断出该病人患的是严重肺型鼠疫,尽管他采取了预防措施,但他还是被传染了。4月14日清晨,可怕的鼠疫肺炎症状出现了,14日晚上9时,郁约翰医生就不治身亡,享年49岁。

郁约翰的离世在鼓浪屿直至厦门、闽南地区都引起了极大的震动,人们痛惜一个那么好的医生为给老百姓治病牺牲了自己的生命。不管穷人、富人都感念郁约翰为病人和鼓浪屿所做的一切。他们自发悼念郁医生,葬礼按郁约翰的要求,以传教士的仪式进行，不信洋教的人也到教堂外和墓地周围默哀，送葬的队伍从教堂绵延到墓地。整个鼓浪屿沉浸在悲痛中。

林巧稚目睹了这场旷世葬礼，小小的心灵受到了强烈的震撼，她没办法完全明白其中道理，但她知道一个好医生会受到人们的爱戴和怀念。

后来，郁约翰的学生黄大辟等人在救世医院门前造塔镌碑，碑文分别用英、荷、拉丁和闽南白话文四种文字镌刻："郁约翰牧师美国人也，医学博士，学称厥名，志宏厥名，志弘厥学。侨厦敷教施诊，精心毅力，廿载摩濡。手创医院三，授徒成业二十余辈，功效聿著，愿力弥宏。以身殉志，生不遗力，殁不归骨，卒践誓言，葬于兹邱。追念功德，表石以记。石可泐，骨可朽，先生功德不可没。诸学生同泐石。"

第二十章　厦门罗马字

纪念郁约翰用了四种碑文，英文代表郁约翰是美国人，荷兰文代表他的祖籍荷兰，拉丁文代表医学，闽南白话文代表他献身的闽南。我们书上所写的汉字，在碑文里是一个也看不到的。闽南白话文现在已经没有几个人知道了，但在当时，是闽南地区不识字的老百姓速成读写的流行文字。林巧稚就是写闽南白话文的高手。她到北京协和医学院以后，还喜欢用这种儿时常用的文字记录私事。

闽南白话文又称厦门罗马字，是美国归正教传教士打马字于清咸丰二年（1852年）在厦门创立的，当时的传教士苦于中国百姓多为文盲，在文字、语言沟通方面存在许多困难，不利于他们传教。打马字牧师在一封信中写道："有个问题，即到底有什么途径能使这个民族变成阅读的民族，特别是通过它，信徒们能领悟上帝的话，并且可以自己聪明地阅读上帝的话。这个问题在这里的传教士的脑海里占有重要的地位……"

要快速给中国人扫盲，有什么办法呢？

中国文字传统的注音方法是"反切"法，即通过两个字的快速连读拼出另一个字的读音。使用这种注音法的前提是必须有识字的基础，对于文盲来说，这种方法很难入门。

打马字用罗马字母为厦门话注音，罗马字母注音系统接近于通用的国际音标注音法，只要掌握二三十个字母和简单的拼读方法，就可以把字的读音用闽南话拼出来，就能阅读。同样的，只要会说闽南话，就能将要说的话拼写出来。这样，读和写的能力就有了。

传教士们用罗马注音字母把《圣经》翻译成闽南语，把圣歌《神颂》也翻译成闽南语。老百姓很快就能阅读和唱这些内容。这样，传教的目的达到了，老百姓也学会了一种文字的阅读和书写能力。同时，外国人也可以通过厦门罗马字学习闽南语，很快就能用闽南语与当地民众交流了。

到20世纪初，厦门及附近地区所有的教会学校、教堂都普遍推广厦门罗马字，掌握厦门罗马字母注音方法的读者已达五六千人。用厦门罗马字印刷的出版物涵盖了宗教读物以及儿童故事、科普读物、社会历史读物，甚至算术、代数、天文、地理、生物等教材。这些书籍的出现使那些刚刚学会用厦门罗马字阅读书写的人们，享受到了识字的快乐。

厦门罗马字的推广，扫盲了一大批底层百姓，使他们的知识和智力都得到很大提高，民众的整体素质有了很大的飞跃。

厦门罗马字的诞生，是传教士传教的需要，其结果却成为中国近代文字改革的滥觞。

鼓浪屿有一个被称为"发明中华新字始祖"的人——卢戆章。他创制的"切音字"对统一国语，推行白话文，注音识字做出了很大的贡献。

卢戆章是厦门早期的基督徒，他在阅读《圣经》时接触到厦门罗马字，发现厦门罗马字的长处，便萌生了改革汉字的念头。他创制的"切音字"，从厦门罗马字注音系统中汲取了有益的因素。而这正是1919年五四运动后，中国文字改革制定"国语罗马字"的源头。

林巧稚本身英文和中文都很好，掌握和使用厦门罗马字对她来说是小菜一碟。她很喜欢用这种文字，因为有它就可以和原来不能用文字交流的人进行交流。她也乐于当小老师，教左邻右舍的阿姐、阿嫂、阿嬷学习这种文字，毕竟能到学堂上学的女子实在太少了。

最有趣的是她还想让贺仲禹先生学厦门罗马字。贺先生的国文是用闽南话念的，那时人们根本不懂普通话为何物。会闽南话学厦门罗马字当然没问题，可贺先生对来自外国的豆芽字一律持排斥态度。

他说:"我大中华方块字,堂堂正正,气宇轩昂。那一横一竖一撇一捺,处处见风骨,字字见精神,特别是捺字的刀锋,何等威武!岂是爬虫般勾手勾脚纠缠混乱的洋文可比?"

"可你会拼音吗?"林巧稚故意激他。

贺仲禹虽为秀才,可他识得的字都是从老师那儿一字一句死记下来的,拼音他不会。他也知道拼音的用途很大,可年纪大了,学拼音谈何容易!但他又不愿意在"小螺头"面前认输,就说:"浩瀚学海,没有拼音老朽照样畅游。试问洋人能写得一手好字吗?"他指指桌上的笔和砚,"书法艺术不是番夷能欣赏的!"他反过来要求林巧稚跟他练书法,说这才是文字的魅力!

林巧稚在高等女学时,文理功课及绘画、音乐、体育都很好,唯独书法不行。这样,她跟贺先生之间就展开了一场关于厦门罗马字和中国书法的论战。

她对先生说:"你的书法很好,可很多人看不懂,比如你写家书,夫人还得请人解读,若有什么私密话语,岂不人尽皆知?"她乜斜一眼贺先生,偷偷笑着。

贺先生居然也脸红局促起来,或许他当真有什么秘密在家书中被人觑得,林巧稚正好说到他的痛处。他哼哈两声,仍争辩道:"即便我学得罗马洋文,内人也看不懂,又有何用?"

林巧稚赶紧说:"你可以教她呀,几天就会了。"她眼珠一转,又说:"不然你请她来鼓浪屿小住几天,我负责教她,如何？"

"No！"贺先生有时也说一两句英语，比如"Yes""No""Very 贴""My God"等。他可能被林巧稚说动了，就说，"老朽学学无妨，但内人愚钝无知，不必你费心了。"

林巧稚高兴地说："好啊，说定了！"

贺仲禹也不忘师命，说："我学豆芽字，你练好毛笔字，一对一，如何？"

"好！"

贺仲禹学会厦门罗马字后，与洋人的文字交流就顺畅多了，而且读和写这种字有点像玩游戏一样，看那些洋人编的读物，也是长了见识，怪不得"小螺头"那么喜欢。

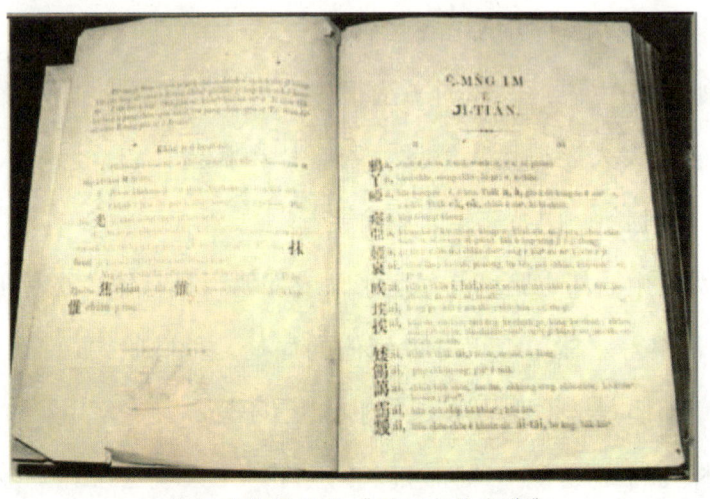

◆ 林巧稚使用过的《厦门音的字典》

但是，妮娜却不喜欢厦门罗马字，她劝林巧稚不要跟人家说自己会厦门罗马字，因为她姐姐说这是穷人才写的字，高贵的人应该用英文或拉丁文，至少是法文。在上等社交场合里，谁说闽南话呀！

林巧稚没想到这个问题，她也没参加过什么上等的社交活动，不知道人家在用什么话交流。但她在教堂里或与邻居，甚至自己的阿嫂、阿姐文字交流，都是用厦门罗马语，难道她们"很土"，不值得交往吗？所谓上等社交场合，林巧稚多少已经懂得了，鼓浪屿有一大批富人，自成一个社交圈，进行他们的活动，说他们的话，互相联姻，地位和财富低于他们的很难跟他们交上朋友。但她觉得自己跟这些人没什么关系，她不想进他们的圈子，也不在乎他们怎么看待自己，当然，自己根本也不在他们的眼里。

妮娜和她姐姐却不一样，她们都在想方设法混入那个圈。她们家虽然比林巧稚家富，但也只是中上水平，还进不了那个她们眼里的富人圈。妮娜的姐姐已到了恋爱的年龄，她梦想着挤进鼓浪屿的上等社会，钓一个金龟婿，以后就能过上好日子。她很怕妹妹拖自己后腿，让人看不起。

这又回到林巧稚从小就讨厌的"嫁人"的话题，她觉得，什么上等不上等，其实就想嫁个有钱人，这根本就是下作！

所以，她对妮娜的劝告很不屑，但是也不会像小时候那样说

"你就等着嫁人吧",因为她知道妮娜已经面临这个问题,她不愿意让好朋友难过。她仍然拿着那些厦门罗马字印的书到处跑,当着那些有钱人的面念给不识字的人听,教他们认识厦门罗马字。

第二十一章　男孩子能做的事我也能做

从学习厦门罗马字一事可以看出林巧稚倔强的性格，她不轻易接受既定的陈规陋习，也不被别人的观点和做法所左右。凡事她总要问个为什么，什么是对的，什么是好的，尊重事实，讲究结果。这在当时的女孩子中是很少见的，当时的女孩子被要求要顺从，要低眉顺眼、逆来顺受。

可她一直觉得，女孩子也是人，为什么女孩子就比男孩子低一等？男孩能做的事，女孩为什么不能做？为什么女孩子整天就想着嫁人，而不是努力做一个有用的人？这个想法得到爸爸、大哥、大嫂和玛格丽特老师的支持，成为她生活中重要的立足点，为她以后在学业和事业上的成功奠定了基础。

林巧稚考上了协和医学院，在他们那届录取的25名学生中，8年后毕业的只有16人，可见学业之艰难，淘汰率之高。而女生要在学习中与男生竞争更不容易，曾有男生劝她不要那么拼，她却不服输地说："男生能考100分，我就能考110分！"果然，毕业时，她以全班第一的成绩，获得了唯一的"文海"奖，也是协和医学院第一个获得此奖的女生。

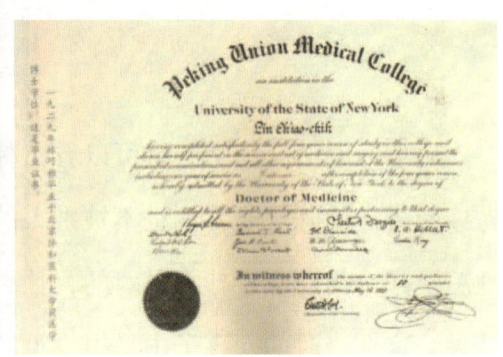

◆ 1929年，林巧稚毕业于北京协和医学院，获得医学博士学位。左图为林巧稚毕业照，右图为林巧稚的毕业证书

林巧稚从协和医学院毕业后，留在协和医院工作，在妇产科当住院医师。

一个大雪纷飞的深夜，突然来了个产后大出血的病人。正好林巧稚值班，她用了一切办法都没能把血止住，病人的血压在往下掉，人也处于休克状态。她给主任安东尼打电话求助，但安东尼在睡梦中只是哼哼哈哈地重复林巧稚已经用过的治疗方法。林巧稚急了说，这些办法都试过了，不行了，病人的情况危险，您是不是马上来看一下。安东尼说，等天亮吧。林巧稚说，等不了了。安东尼不耐烦地说，病人交给你了，你处理吧。

怎么办？唯一的办法是切除子宫。子宫不切除，血就止不住。一个刚毕业不久的住院医师哪有资格做子宫切除术？可主任又不来，等下去病人必死无疑。她眼前又出现妮娜母亲濒死的一幕，心头一震，不能等了！自己做！手术本身她是有把握的，她已当过几次助手，手术步骤已牢记在心，要跨越的是医院的规定。她相信，挽救病人的生命比墨守成规更重要。

第二天早晨，心有不安的安东尼早早来到科里，第一句话就是："那个出血病人怎么样了？"

林巧稚说："血止住了，脱险了。"

"哦。"安东尼松了一口气，问，"后来用什么办法止血的？"

"手术，切除子宫。"林巧稚盯着主任看，小心地说。

"啊？"安东尼一惊。他也想到要做手术，但自己没来，手术就没法做。"你做的？你怎么敢？"此时他对林巧稚做法的担心比对病人的担心更甚，要是有哪一点闪失，她是担待不起的。

林巧稚说："您说病人交给我，让我处理，我觉得只有这样才能保住病人的生命。"她把病程记录和手术记录放到主任面前，"您看看有无哪里不合适。"

安东尼匆匆看过一遍，认为手术适应证掌握得很好，手术过程细致周到，术前术后处理得当。他又看了一遍，想挑挑看有没有毛病，还是无可挑剔。这是一个完美的病例。而且，从指征上看，如果不及时做手术，病人很可能会死亡。若这样，他是有责任的，是林巧稚替他承担了责任。他开始转忧为喜，深情地看着林巧稚，半是赞扬半是责备地说："很好。你哪来的胆量啊？"

林巧稚脸红了，心里也踏实了，自己也很高兴，说："我只想到病人，她就要死了。"

"嗯，我明白了。"安东尼闭上眼睛，双手捂在胸前，自言自语道，"这是爱。爱给人勇气。"

林巧稚也很激动，为自己成功的手术，也为主任的理解。她这样做确实是犯了大忌的，自己也感到忐忑不安，唯有病人得救了让她感到欣慰。现在有主任的支持，她就更放心了。这一例独立操作的成功手术，让她觉得像登山队员到达了新高度，心花怒放，充满自信。

林巧稚也从这个病例的处理中体会到：当你设身处地为病人着想的时候，你所做的往往能突破技术上的禁区，取得学术上的成功。她后来的临床实践和学术上的成就，也证明了这一点。而这一切，跟她儿时敢于蔑视陈规陋习不无关系。

由于林巧稚的努力和业务上的突出表现，她只当了一年多的住院医师就破格升任住院总医师，而一般人要用三五年时间。她后来更成为协和医学院的第一位中国主任，第一位女教授。为中国人争光，为女性争光。

接着说回她的少年时期，很快，林巧稚就要从高等女学毕业了。毕业后做什么呢？这成了困扰她的问题。虽然自己梦想当医生，但学医之路是昂贵而艰难的，家里能支持自己吗？这时她家的经济状况已经大不如从前，都靠大哥一人在支撑。

正好有一个大哥的同学从美国学成归来，到家里来做客，见了林巧稚，听她说一口流利的英语，甚是惊讶，问："小妹毕业准备学什么呀？"

林巧稚不假思索地说："学医！"

"好啊，"那位同学说，"美国洛克菲勒基金会在北平办了协和医学院，是亚洲最好的医学院，师资力量雄厚，教学设备先进，培养出来的学生也是一流的，毕业后还可以获得美国纽约州立大学的博士学位呢！你应该去读。"

"真的？"林巧稚高兴得差点跳起来。但她已经知道家里的经济状况不好了，自己上什么大学还得看家里是否供得起，忙问道，"学费贵不贵啊？"

"不贵不贵，"那位同学摇摇头，"比起到美国上学，那要便宜多了。"

大哥就问："是多少？"

"好像是一年500块大洋吧。"

林巧稚伸了一下舌头不敢吭声了，大哥也沉默不语。

一年500块大洋对他们家来讲是相当吃力的，虽然也能挤得出来，但一家人的生活将十分窘迫。大哥不愿意这种尴尬场面持续下去，又想在同学面前撑门面，就对林巧稚说："你去读书吧，好好读，准备考协和。"

林巧稚迟疑着退出去，她知道大哥是故意说给别人听的，心里清楚她是不可能去考的，500块啊！她恨自己没本事赚钱，不能帮家里一把。母亲生病期间，把家里的大部分积蓄花光了；母亲去世后，大哥就弃学经商，靠经营一家汽水厂维持家用。虽然他现在也算成家立业了，但看到同学从美国拿了博士学位回来，风风光光的，心里肯定不好受。要不是为了家里，他也可以上学深造，体面地生活。看大哥跟同学坐在一起，人家白白嫩嫩的，他却面色晦暗、一身粗皮，都是每天起早摸黑给忙的。林巧稚心疼大哥了，她想，算了，大学不上了，毕业后就找份活干，替大哥减轻一点负担。但是，想到自己十几年来辛勤苦读，梦想着长大当医生，现在却连大学都不能上，又委屈得想哭。

大哥还在客厅与同学聊天，他听同学赞扬妹妹，也很高兴，说："我这小妹天资很好，若有条件造就，将来前途无量。"他觉得自己不能上大学已是个遗憾，现在不能让妹妹再有这种遗憾；如果妹妹能上大学，有出息，也就弥补了自己的遗憾了。心想，回头跟父亲商量一下，再怎么困难也要让妹妹去考协和。

同学说:"是啊,小妹聪慧可人,你要好好栽培哟!"

大哥感叹道:"是的,女孩子要学有所长,将来才能自立自强,活得像个人,否则……"他回头看了看,见妻子不在,就接着说:"女人嫁了人,都成了生育机器和家仆了,暗无天日啊!"

同学也说:"中国的女性很不幸!"

林巧稚在房里听得胆战心惊。她还没大哥想得那么多,听大哥这么一说,才想到自己的命运。要是上不了大学,今后嫁人,就像妮娜一样,不到20岁就挺着个大肚子,孩子要一直生下去,生到像她妈妈那样死了,或者生不出来了为止。妮娜高等女学没毕业就被家里安排嫁人了。

那时林巧稚还没学医,不懂得生育和节育的原理,反正她所看到的已婚女人,总是长年大着肚子,不停地生孩子。她想到妮娜的母亲,还有自己的妈妈,心里又叫道:"不!我不要像她们那样,我要上大学!"

大哥跟父亲商量林巧稚考协和的事。

父亲说:"咱们家是该出个大学生啊,为父的惭愧,有本事生,没能力培养,耽误了你,不能再耽误她了,只好靠你了。"他知道,光靠儿子那个小小的汽水厂,是养不起一家大小和供女儿一年500块大洋的学费的,就说,"实在不行,就把这楼卖了,换个小的地方住吧。"

大哥咬咬牙说:"那就这样吧,我们尽力成全她,将来有没有出息,就看她的造化了。"

林巧稚在房里听得热泪盈眶,她在心里发誓:"爸、大哥,我一定考上,好好读书,将来当名医,挣钱让你们过好日子。"

第二十二章　考场救人

1921年7月，20岁的林巧稚只身一人赴上海考协和医学院。这之前，她从未走出厦门一步。父亲和大哥不放心，到处问有没有谁要去上海，好与阿咪做个伴，但林巧稚说她可以自己走。她看到不少鼓浪屿的富家小姐，出门时前呼后拥、哭哭啼啼，她就想不明白，既是自己乐意外出求学的，为何又痛哭流涕？

妮娜说，不全是悲伤，只是作态，还有恐惧，有钱人家的女孩子都这样的。林巧稚不以为意，说如果我将来出远门，就快快乐乐地自己走。

妮娜问："不害怕？"

林巧稚想了想："怕也不说。"

妮娜坐在林巧稚身后略高的岩石上，下巴架在她的肩上，俯在林巧稚的耳边说："阿咪，我最佩服的就是你的勇敢。"

林巧稚说："你也可以的，为什么不？"

妮娜沉默不语。

那时，她们十五六岁，正是最不安分、最好幻想的年龄。两人经常坐在离龙头码头不远处的象鼻礁上，观望着码头上远行和归来的人们，想象着外面的世界，谈论着自己的未来。

龙头码头是进出鼓浪屿的门户，一条石板路像老龙一样伸进海里。涨潮时，只露出连在堤上的台阶；退潮时，就露出湿淋淋、黑褐色的脊背。两侧的石板缝里结满了海苔、海带、蚵、蚬、螺等生物，好像是老龙身上的鳞。石板路边的滩涂上，小鱼、小虾、蟹、贝等小东西，慌乱而盲目地爬来跳去，好像也在赶水似的。太阳一照，一股咸腥味灼灼而出。这时，有许多竹轿子等在堤上或石板路上、滩涂上，等着上船接下船的小姐、太太们。那些穿着时髦的小姐、太太们，一般都不自己走石板路，她们穿的高跟鞋很容易卡在石头缝里，也很容易滑倒。所以，码头上就衍生出一支抬轿、搬运的队伍。而普通人家的男人、女人，穿的是平底布鞋，上船下船都"吧唧吧唧"走得飞快，这些人的钱是赚不到的。从鼓浪屿过渡到厦门，只有八九百米距离。渡船多为小舢板，五六个、七八个人就可开船；大一点的是帆船，连人带货一起运。若遇风浪天气，鼓浪屿就与外界隔绝。龙头码头是鼓浪屿与外界联系的枢纽，集中了岛上最时兴、最有趣的人和物，常引得人们来这里看新鲜、开眼界，林巧稚和妮娜也不例外。

她们看到几个小姐在码头上依依惜别，莫名其妙地跟着红了眼圈。林巧稚说："总有一天，我也要走的。"

"你去哪里？"妮娜瞪着泪眼问。

"不知道，但我不想只待在鼓浪屿这个小地方。"

"你为什么不喜欢鼓浪屿？"

"我不是不喜欢鼓浪屿，我很喜欢鼓浪屿。"林巧稚环视着四周，"但是，外面的世界是什么样的，我们也应该去看看啊！"她像自言自语，又像自我鼓励地说，"一个人，怎能一辈子待在一个小岛上呢？妮娜，你知道外面的世界有多大吗？"

妮娜茫然地摇摇头，又深有同感地点点头，羡慕地说："如果你要走，我一定来送你。"

"你也走。"

"我走不了了。"妮娜伤心地说。母亲去世后，父亲很快再娶了，后母神气地生了一大堆儿子，她们姐妹在家的日子就一天不如一天了。姐姐丹娜早已嫁人，很快就轮到她了。妮娜想到自己的命运，不禁黯然神伤。

这一天，阿咪果然要一个人走了，家人都来送行，妮娜却没有来。她已身为人妻，成了鼓浪屿一家肉松店老板的儿媳妇，肚子也已经大了，每天起早摸黑地做肉松。

林巧稚从厦门乘船到上海，下了船，一路打听着找到上海青年会。上海青年会是基督教会的活动场所，协和医学院把南方的考区设在这里，已经有协和的人在这里做接待工作。林巧稚被安排住下后，立即投入紧张的考前准备。早听人说，协和医学院招生是百里挑一，他们的办学目标是培养高级医学人才，所以招生原则是宁缺毋滥，每年只在全国招收30名左右的学生，而报考的却有上千人，考试是极其严格的。林巧稚知道自己赴考一趟已属不易，从厦门到上海，往返费用，就是一笔不小的开销，如果考砸了，自己面子上过不去不说，对父兄也不好交代，以后恐难再有机会。她又怕自己长年在鼓浪屿，不知外面的教学情况如何，不知道自己学的知识是否经得起协和的严格考试。

还好，前面考了国文、算术、生物、物理、化学几科，她感觉都不错。最后一科是英文，是林巧稚的强项，她心中暗喜，如果不出意外，大概是可以得胜回朝的。

这天下午，天气燠热难耐，看样子有一场暴雨要下了。考场里不时可以听到沉重的吐气声，不知是由于天气太坏，还是考题太难，气氛十分压抑。林巧稚却心平气和，常言道"心静自然凉"，她拿到考卷后，就轻松地做起来。对于从小就学习英语的她来说，这场考试并不难，考试进展顺利，她"刷刷"地写着。

突然，身后"扑通"一声，一个考生倒了下去。考场里一阵混乱。林巧稚回头一看，是一个江苏籍的女生。她因前几科没考好，心情不佳，饭都吃不下，今天的英语又是她最怕的一科，没考之前就直叫"这下完了，完了"，现在竟昏倒了。

林巧稚赶紧过去抱起她，叫道："肖小姐，肖小姐。"林巧稚只知道她姓肖，不知道她叫什么名字。其他考生看了一眼后，赶忙又埋头答题。这场考试对大家都生死攸关，谁也不想多管闲事。监考老师因为是男士，不好动手帮忙，只能站在一旁鼓励林巧稚救她。

林巧稚一人吃力地抱着肖小姐，一会儿抠抠她的人中，一会儿揉揉她的太阳穴，忽又想起玛格丽特小姐教的几种简易的急救措施，赶紧就用起来。林巧稚解开肖小姐脖子上扣紧的衣领，让监考老师帮忙架高她的双脚，自己跪在地板上，让肖小姐的身子和头靠在自己胸前，然后从背后抓住肖小姐的两臂一张一合地摆动。

一会儿，肖小姐终于"嗯"地吐了一口气，微微睁开眼睛。林巧稚高兴地对监考说："她醒了。"监考也松了一口气。但肖小姐还是脸色苍白，身子软绵绵的，根本无力站起来。总不能老让她靠在自己身上啊！林巧稚束手无策。监考既不敢过来抱女生，又不敢离开考场去叫人。其他考生都埋头做题，连回头的人都没有了。林巧稚看到别人都在紧张地考试，自己也急了，但又不能丢下肖小姐不管。她焦急地说："我去叫人。"可要放下肖小姐，她又觉得不放心，便改口说"我送她到救护处"，便赶忙搀了肖小姐就走。

等她三步并作两步跑回来时，已经耗去了近20分钟的时间。

她赶紧又做了几题,考试结束的钟声就响了。监考面无表情地叫大家放下考卷离场。林巧稚恋恋不舍地离开座位,剩下那几题都是她会做的,可惜没时间了。她想请求监考再给自己几分钟时间,可看他那副严肃的样子,话就说不出口了。

出门时,监考问林巧稚:"你认识她?"他指了指肖小姐的座位。林巧稚摇了摇头。监考点点头,只说一声:"好。"

林巧稚心里很难过,此次考试对自己关系重大,一是机会难得,仅此一搏;二是学医是自己从小树立的志向,盼望已久,现在却功亏一篑。如果是败在自己的水平上,也还怨不得别人,可她却因救人而耽误了考试,总觉得心痛、不甘。她一遍又一遍地问自己:"怎么会这样?怎么会这样?"一切都在不期然中发生,一切都容不得考虑。她曾想过,如果肖小姐不昏倒,如果自己不去救她,如果监考补给自己一点时间,也许事情都不至于这么糟。但是,没有"如果",一切已无可挽回,她的心尖就像被人揪住了一样疼痛起来。她大口大口地呼吸,眼泪抑制不住地要溢出来,但她使劲忍住了,在心里对自己说,不能哭!其他考生窃窃私语着从她身旁走过,有的还回头看她,她不能让人看到自己因为救人而哭鼻子。就是到现在,她也不觉得自己救人有什么错,也没有可后悔的地方。

林巧稚低着头,心绪纷乱地走着,不知不觉间又来到刚才送肖小姐来的救护处。但是,肖小姐已经不见了。救护处的人说,她清醒过来后就走了，一句话也没留下。林巧稚呆呆地站在原地，她不知道这肖小姐是何许人，家在何方，今后又到哪里去，却像一颗流星划过林巧稚生命中的某一刻，让她在一次重要的考试中失利，然后又自顾自地消失了。今生今世，也许她们再也不会相遇，但林巧稚却因她而影响了考试。

林巧稚盯着空荡荡的救护处，心里有一种不真实的感觉，好像没有肖小姐，好像没有救人的事，只有自己的梦想已经破灭的事实，刀刻锥刺般地让她感到疼痛不已。她想，自己也该收拾行囊回去了，一切都结束了。

这时，酝酿已久的暴雨终于下来了，"噼里啪啦"地打在林巧稚身上。周围的人都跑起来，她却任雨淋着，好像老天在为她哭泣，她心里反而痛快了一点。那一天，林巧稚度过了一个不眠之夜。

第二十三章　海的女儿

林巧稚从上海回到鼓浪屿，家里人兴高采烈地围着她，问考得如何，父亲还神气地说："咱咪仔没问题！"

大哥看她脸色不对，小声问："怎么了？没考好？"

林巧稚终于"哇"地哭起来，把考场上的事说了一遍。大家听了都说不出话，父亲摇摇头说："都是命，上帝在考验你呢。"

大哥安慰道："算了，你这样做也没错，谁叫你碰上了呢？要是我碰上了，我也去救！"大嫂也说："没错！救人是对的。你先休息休息吧，以后再说。"

林巧稚一连几天把自己关在房间里，之后也闭门谢客。她没能从痛苦中解脱出来，只想等玛格丽特老师从英国回来后，就跟她说自己要当老师，高等女学要招聘老师呢。既然协和考不上，就开始工作挣钱吧。玛格丽特老师回英国度假了。

一个多月以后,玛格丽特从英国回来,她做的第一件事就是到林巧稚家。林巧稚听说老师回来了,又高兴又伤心,正不知怎么跟老师说考砸的事,玛格丽特却在楼下大叫:"Linda!Linda!了不起!了不起!"

林巧稚下了楼,家里人也都拥过来,不知什么事情了不起。这段时间因阿咪没考好,大家心情都不好,家里已经很久没有笑声了。

玛格丽特扬着手里的一封信说:"你被录取了,你被协和录取了!"她指着信封上协和医学院的落款和"林巧稚小姐收"的字样。原来协和把信寄到高等女学了。

林巧稚不相信,她接过信打开一看,果然是协和医学院的录取通知书。她没想到自己少考20分钟还能被录取,兴奋得一把抱住玛格丽特,大叫:"上帝保佑!上帝保佑!"

全家人都欢呼起来,说好心有好报啊!咱们咪仔厉害呢!玛格丽特听了林巧稚考场救人的事,更是赞不绝口,说:"你这样还能被录取,证明你的实力是很强的,好好努力吧,你将来一定是个好医生。"大家都知道,协和每年从近千名考生中,只录取不到30人。他们培养的是医学领域的学术带头人,而不仅是普通医生。

憋了一个多月的闷气一扫而光,大家扬眉吐气。父亲说:"大喜啊,请客,请客!"

后来，林巧稚到协和医学院报到时，接待的老师从花名册上抬起头，端详着她问："你就是密斯林？"

林巧稚点了点头。他微笑着说："请跟我来。"他把林巧稚带到教务主任那儿，说："这就是林巧稚小姐。"

教务主任立即对她绽开笑脸，说："欢迎你成为协和的成员。"然后告诉她，协和之所以录取她，是因为她在考场救人的出色表现，爱心和沉着，是一个医生的优良品质。他说："我们相信你将来能成为一名优秀的医生，祝贺你！"

林巧稚这才知道，考场的表现成了自己被录取的原因，那位考官对她的表现已经了然于心，所以也没破例延长时间让她再考。他们这一届学生只招收25人，多数考生被淘汰。她恍然大悟，原来这也是一场考试！像爸爸说的，是上帝的考验，考的是爱心和勇气，自己成功了。"感谢上帝！"她对协和独特的招生标准感到由衷的敬佩。

这里还有一个小插曲。

来到教务主任办公室时，教务主任正与一名男学生讨论什么事。那个男生很激动的样子。报到老师告知主任学生林巧稚来了，主任对林巧稚一笑："很好！"示意她在一旁稍等，又继续与男生对话。

男生接着说："我从小立志要……当大夫，我的成绩也很好，为什么不……让我学医？"

教务主任说:"我们发现你有轻微的口吃,所以建议你转学其他专业或做基础医学研究,你不适合当临床医生。"

男生说:"为什么?轻微口吃会妨……碍我的医术吗?"男生好像被刺到痛处,脸色涨红,口吃也明显了。

主任和蔼地说:"你的医术可能会很好。但如果在急救的时候,医生不能及时说出抢救指令,可能会造成严重的后果!"

男生怔了一下。林巧稚也睁大了眼睛。

主任庄重地说:"协和的宗旨是在任何可以预见的环节里,杜绝一切不利于病人的因素。生命高于一切。"

男生不作声了。

林巧稚在一旁也上了开学的第一课,受到了刻骨铭心的教育,她默念一声:"生命高于一切!"如开悟一般,令她神思入定。

从此,林巧稚进入了协和医学院紧张的学习和毕业后漫长的医学生涯,除了日本侵华期间,协和医学院被日本人占领,她愤而离开协和自己开业外,再也没有离开过协和。

大嫂为了支持她上协和,卖掉了结婚时娘家陪嫁的玉手镯,后来,只比她小7岁的大侄儿为了继续供姑姑上学,自己辍学打工,挣钱维持家用。这一切,林巧稚都记在心里,她在协和医学院毕业时,得了"文海"奖,第一件事就是给大嫂买了一对玉手镯,以后又资助辍学的大侄儿继续上学,大侄儿后来成为燕京大学的教务长。资助家里的晚辈上学成了林巧稚的常规动作，我国恢复高考制度后，家族中谁考上大学，她一律奖励5000元人民币。这是她对早年家人支持她上协和的回报。

林巧稚一生接生了5万多个婴儿，被称为"万婴之母"。她攻克了许多医学上的世界难题，在胎儿宫内呼吸、分娩发动的因素、女性盆腔结核、滋养细胞肿瘤、新生儿溶血症、不孕症等的诊断和治疗上，都有卓越的研究成果。她在围生期保健和开展宫颈癌普查方面建立了规范和操作系统，为中国妇女儿童的健康事业做出了杰出的贡献。

但她不求名不求利，除了对夺走母亲生命的妇科肿瘤有一种攻克的决心，主编50万字的《妇科肿瘤》外，她积极指导学生做各类研究。学生研究总结的生殖内分泌、绒癌的治疗、优生学、计划生育、妊娠生理、产科病理等成果，都达到国内或国际领先水平。学生觉得自己的研究成果里，有老师指导的方向和提供的经验、资料，有老师的心血和智慧在里面，都主动把老师的名字署在前面，林巧稚却把自己的名字一一画掉。看着一大批学生成长为妇产科专家，她已感到欣慰和满足。

而她自己，花巨大的时间精力编写《家庭卫生顾问》《家庭育儿百科全书》《农村妇幼常识问答》这种在学术界看来无足轻重的科普作品，因为她知道老百姓需要这样的读物。

写这些书的时候，她常常回顾童年，仿佛回到日光岩下那个温暖可爱的家，想起少女时代的自己，曾多少次倚窗远眺，看着从海上驶过的轮船，梦想着外面的世界，梦想着未来。她不知道自己以后会成为什么样的人，但她记得玛格丽特老师说的："每一个人的心中都有一个上帝——那就是做一个有爱的人，纯粹的人。"

林巧稚为人类和社会所作的贡献，已经实现了玛格丽特老师说的那个目标，成为一个受人尊敬和永远被铭记的有爱的、纯粹的人。

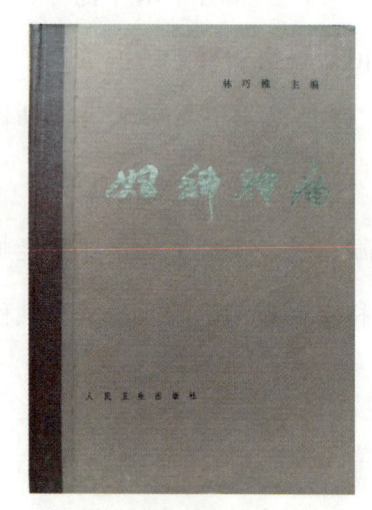

◆《妇科肿瘤》

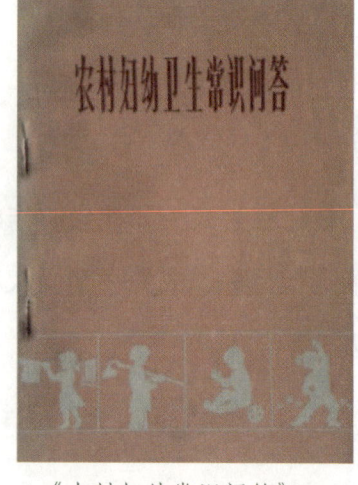

◆《农村妇幼常识问答》

◆《家庭卫生顾问》

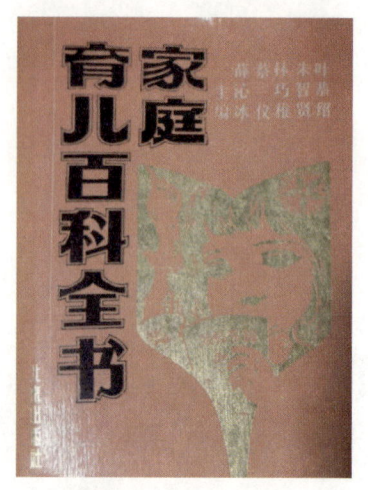

◆《家庭育儿百科全书》

附录一

林巧稚大夫年谱

(1901—1983年)

1901年

· 12月23日（农历十一月十三日）出生于福建省厦门市鼓浪屿一个教员家庭。

1913年

· 就读于鼓浪屿厦门女子师范学校（高等女学）。

1919年

· 毕业于厦门女子师范学校，毕业后留校教书。

1921年

· 考入北京协和医科大学（今协和医学院）。

1929年

· 毕业于北京协和医科大学，获医学博士学位，以五年最优学习成绩获"文海"奖学金。毕业后受聘于北京协和医院，任妇产科助理住院医师。

1931年

· 在北京协和医院妇产科任助教。

1932 年

· 前往英国曼彻斯特医学院和伦敦妇产科医院进修。

1933 年

· 前往奥地利首都维也纳进行医学考察。

1935 年

· 在北京协和医院妇产科任讲师。

1937 年

· 在北京协和医院妇产科任副教授。

1939 年

· 前往美国芝加哥大学医学院妇产科进修。

1940 年

· 回国不久,北京协和医院妇产科主任惠狄克离华,接替科主任职务,成为北京协和医院第一位中国籍女科主任。
· 受聘为美国"自然科学荣誉委员会"会员。

1941 年

· 12 月,太平洋战争爆发后,北京协和医院被日本军队占为陆军医院,林巧稚大夫离开协和。

1942 年

· 在北京东堂子胡同开办私人诊所,不久后兼任中和医院(前身为中央医院,今北京大学人民医院)妇产科主任,前后六年。

1946 年

· 兼任北京大学医学院妇产科主任、教授,共两年半。

1948 年

· 北京协和医院复办,又回到该院任妇产科主任、教授。

1949 年
· 北京解放，留在北京协和医院任原职务。

1951 年
· 旧北京协和医院被接管，参加了革命工作。
· 当选为中国人民保卫儿童委员会委员。

1952 年
· 9 月 27 日在《人民日报》上发表了《打开"协和"窗户看祖国》一文，在知识界产生良好影响。

1953 年
· 赴奥地利首都维也纳参加世界卫生会议，会后前往苏联和捷克斯洛伐克考察医学卫生教育工作。
· 当选为全国妇联执委和北京市妇联副主席。

1954 年
· 当选为第一届全国人民代表大会代表。

1955 年
· 受聘请为中国科学院第一届学部委员（院士），是新中国第一位女学部委员。

1956 年
· 当选为中华医学会副会长。
· 当选为中华医学会妇产科学会主任委员和中华妇产科杂志总编辑。
· 受聘请为中华医学会《中华医学》杂志外文版月刊编辑委员会常委。

1957 年
· 受聘为国务院科学规划委员会医学组组员。
· 当选为中华医学会节育技术指导委员会委员。

1958 年
· 组织北京市防癌普查小组，开展对北京市几个地区七万多居民妇女的癌瘤普查，以宫颈癌为普查的重点。

1959 年

- 当选为第二届全国人民代表大会代表。
- 当选为第三届全国政协常务委员会委员。
- 当选为第二届北京市政协副主席。
- 被任命为北京妇产医院院长。

1960 年

- 被评为全国教育和文化卫生方面的社会主义建设先进工作者。
- 被评为全国三八红旗手。

1962 年

- 当选为第三届北京市政协副主席。
- 被任命为中国医学科学院副院长。

1964 年

- 当选为第三届全国人民代表大会代表和常务委员会委员。

1965 年

- 当选为第四届北京市政协副主席。
- 参加中国医学科学院组织的巡回医疗队,到湖南湘阴县农村巡回医疗四个月,参与治疗了一千三百多名妇产科病人。
- 主持中华医学会第一届妇产科学术会议,讨论计划生育工作。

1966 年

- "文化大革命"开始,一度靠边站,但仍以高度负责的精神从事医疗工作。

1972 年

- 应美国全国科学院医学研究所、美国医学协会和几位著名医生的邀请,参加中华医学会代表团,任副团长,出访美国、加拿大。

1973 年

- 受聘请为世界卫生组织医学研究顾问委员会顾问,为期五年。自 1973 年至 1977 年,一年一度到日内瓦出席会议。

1974年

· 出席日内瓦世界卫生组织专家顾问委员会会议后，前往瑞士、法国考察有关医院和医疗卫生研究机构。
· 担任中国友好参观团团长，率团出访伊朗。

1975年

· 当选为第四届全国人民代表大会代表和常务委员会委员。

1976年

· 在唐山地震期间，深入第一线参加抗震救灾工作。

1977年

· 建立妇产科遗传实验室，开展产前诊断胎儿先天性疾病研究。
· 这年秋天，发生间歇性脑血管痉挛，有时左下肢无力，仍坚持工作。

1978年

· 当选为第五届全国人民代表大会代表和常务委员会委员。
· 当选为第四届全国妇联副主席。
· 受聘为中国医学科学院第一届学术委员会委员、临床医学委员会委员。
· 被聘为北京妇产医院名誉院长。
· 参加中国人民友好代表团，任副团长，出访西欧四国。在英国因患缺血性脑血管病返回中国治疗。

1979年

· 主编《妇科肿瘤》（1980年完成）、《家庭卫生顾问》等著作，带病审定书稿。
· 参加第五届全国人民代表大会第二次会议。

1980年

· 受聘为国家科学技术委员会计划生育专业组组员、医学专业组成员。
· 12月脑血栓复发住院。

1981年

· 受聘为医学科学委员会委员。

1983年

· 4月22日上午病情恶化，经抢救无效，于12时47分逝世，终年八十二岁。

附录二

打开"协和"窗户看祖国

林巧稚

过去30多年,我从"协和"窗内看祖国,炮声愈响,我把窗户关得愈紧。这一回,什么动力叫我自觉自愿地打开"协和"的窗户,看见了我们可爱的祖国呢?

1921年我怀着"不为良相,当为良医"的愿望以及对"协和"的羡慕,不顾一切困难,离开家乡福建,到了北方,考进"协和",很为得意。30年前一个女学生从厦门到北京"协和",不是一件小事。从第一天起,我就怕念不好书被刷掉,所以死读书。唯一的目的就是要每年考试及格,毕了业,成为一个高级的技术家。

1929年毕业后,留校工作。"七七"事变爆发,多少爱国志士为了抗日抛弃了一切,离开北平(今北京市)。我呢,坚持在"协和"继续工作,"协和"就是我的唯一的小世界、小国家。

1941年12月8日,日本侵略者占领"协和",我初步感觉到个人生活离不开国家。在沦陷时期尝到当亡国奴的滋味，日夜盼望抗日胜利。胜利消息传来，欢欣鼓舞，满腔热情地决心为祖国服务。但在很短时间内，国民党政府的腐败，使我对这个政府完全失掉信心，对祖国的复兴灰心失望。

1948年回"协和"妇产科工作，对政治不闻不问，一心一意从医、教书。

解放以后，我对人民政府也采取怀疑观望的态度，认为哪一个政府都是一样的，换换门面而已。我们学技术的干脆离政治远一点好。但是，我从"协和"窗里也看到解放军纪律严明，有高度的爱国精神，能吃苦耐劳；我看到短时间内物价平稳，交通迅速恢复，到处都在建设，人民事业不断发展。从这一连串的事实，我开始认识这个政府与从前的政府不同，是为人民做事的政府。

过去，我总是借口工作忙，逃避听所有的大课报告，不愿参加任何政治活动。"三反"运动，在"协和"揭露出严重的贪污、浪费和官僚主义，我才体会到技术脱离不了政治。我开始从被动地参加学习到主动地参加运动。当时我阅读了不少文件。结合事实，学习毛主席著作，从《实践论》《矛盾论》到《关心群众生活，注意工作方法》，没有一个观念脱离大众的利益，我体会到人民领袖的伟大。

在思想建设运动中，我更进一步地认识了人民政府对我们的关怀。干部非常耐心地帮助我们，先了解我们每个人的情况，估计我们每个人的政治水平，启发我们的自觉，开各种座谈会，讨论分析研究各种意见。我深深体会到这种方式方法是实事求是的，是科学的。我得到了一连串的教育，对自己落后思想作斗争。我觉悟到共产党与人民政府是为人民服务的，以人民的利益作为衡量的标准。就是这个真理感动了我，唤醒了我，使我打开了30多年关紧的窗户，伸出头去歌唱"我们亲爱的祖国，从今走向繁荣富强"。我决心更好地为人民服务，为广大人民谋幸福。

"协和"的窗户打开了，竖起了毛泽东时代的五星红旗，"协和"的工作人员全都站起来了。我们为祖国伟大的进步感到光荣骄傲！

（改编自1952年9月27日《人民日报》）